둥지로 날아간 새

둥지로 날아간 새

2025년 3월 17일 제 1판 인쇄 발행

지 은 이 | 김영목
펴 낸 이 | 박종래
펴 낸 곳 | 도서출판 명성서림

등록번호 | 301-2014-013
주   소 | 04625 서울시 중구 필동로 6(2층·3층)
대표전화 | 02)2277-2800
팩   스 | 02)2277-8945
이 메 일 | msprint8944@naver.com

값 15,000원
ISBN 979-11-94200-73-4

김영목 소설집

둥지로 날아간 새

도서출판 명성서림

차례

정신병동24시

모정의 사슬

「모정의 사슬」 2024년 7월호 한국소설

송부자가 정신병원에 입원한 지 1개월이 지나고 있다. 깊은 잠에서 깨어난 부자는 아물거리는 기억을 찾기 위해 퍼즐 게임을 하듯 하나하나 맞추어 보지만 자신이 왜 정신병원에 입원하고 있는지 기억이 나지 않는다. 회진 시간에 담당 의사에게 물어보지만, 시간이 지나면 알게 될 거라고만 한다. 비가 내린 뒤 짙은 안개에 가려진 사물들이 밝은 햇살 아래 모습을 드러내듯 부자의 기억도 아주 먼 곳부터 서서히 되살아나고 있었다. 그리고 기억이 되살아나기에는 그리 오랜 시간이 걸리지는 않았다. 그러나 기억을 찾은 부자는 어머니와 병원에 원망과 분노로 몸을 사르르 떨고 있었다.

부자 가족으로는 아버지와 어머니 그리고 미국 유학 중인 남동생 한 명이 있다. 가솔로 입주한 가사도우미 50대 아주머니 한 명이 있고, 아버지 자동차 운전기사와 어머니 운전기사가 있다. 운전기사 두 명은 언제나 지하 차고에서 대기하였고 부자 가족의 공간인 내실로는 올라오지 않았다. 그것은 어머니가 만든 엄격한 규칙이었다. 일 년 중 내실로 올라오는 일은 거의 없다. 상류층의 우월감과 피해의식에서 만들어진 그들만의 방식이었다.

　부자가 10시가 되기를 기다리고 있다. 어머니가 외출하기 위해서 화장을 마치는 시간이라는 것을 알기 때문이었다. 거실에 걸려 있는 뻐꾸기 시계가 10시를 알리기 위해 뻐꾹뻐꾹 하고 울었다. 부자는 어머니 방문을 조심스럽게 노크를 한다. 어머니 목소리가 들려 왔다.

　"누구냐?"

　"엄마, 저예요."

　"들어오렴."

　어머니는 외출하기 위해 입고 나갈 옷을 몇 가지 골라 침대 위에 올려놓고 어떤 옷을 입어야 하는지 신경을 쓰고 있었다. 딸을 본 어머니가 손에 들고 있던 옷을 몸에 대어 보이며 물었다.

　"부자야 색상이 너무 밝은 것 같지 않니?"

　부자는 얼른 대답이 나오지 않아 그냥 바라만 보고 서 있었다. 딸의 대답이 없자 어머니는 분위기를 의식했는지 용건을 물었다.

　"나에게 할 말이라도 있는 거니?"

　"엄마 교회 가시려고요?"

　"그래."

　"그 교회를 꼭 가셔야 해요?"

　"왜 가면 안 되는 일이라도 있는 거니?"

　어머니는 처음 있는 일이 아니라 대수롭지 않게 대답을 한다. 그러나 부자는 작심하며 말을 이었다.

"주위에서 말이 많아요. 어머니."

"누가 남의 일에 그리도 말이 많다던."

"엄마답지가 않아요."

"엄마다운 것이 뭔데?"

"자존심과 체면을 중시하는 엄마가 아닌가요?"

"별소리를 다 듣는구나. 자존심과 체면을 세워야 할 곳이 따로 있지."

"영찬이가 귀국하면."

부자가 말을 얼버무리고 만다.

"나 때문에 문제라도 생겼니? 내가 자기들한테 피해 준 일도 없는데 남의 일에 왜 신경을 쓴다던."

"엄마, 그런 것이 아니고 그냥 내가 신경이 쓰여서 그래요."

"너도 참 이상하구나. 신경이 왜 쓰이는데?"

"엄마 그 교회는 가지 않았으면 해요. 다른 교회도 많잖아요."

"왜 그 교회를 가면 안 되는데?"

"엄마, 그 교회는 사회에서 지탄 받고 있는 사기꾼들의 집단이에요."

"너 지금 뭐라고 했니."

"엄마도 신문 기사를 보지 않았어요?"

목사는 초능력자로 자처하며 많은 희생을 강요하는 종교계로부터 이단 취급을 받는 신흥 종교로 낙인이 찍힌 교회였다.

"내 일은 내가 알아서 할 테니 걱정하지 마라. 다시 한번만 더 그따위 헛소리하면 용서 안 한다. 내 방에서 당장 나가."

어머니가 소리를 질렀다. 부자도 대화가 통하지 않는 어머니에게 화가 났다. 어머니와 종교 문제로 부딪히는 일이 몇 차례 있었지만, 매번 투정에 불과했었다. 오늘처럼 말대꾸로 어머니를 화나게 한 적은 없었다.

어머니가 나간 후. 부자도 친구에게 하소연이라도 해야 답답한 마음이 풀릴 것 같았다.

"아주머니 저 밖에 좀 나갔다 올게요."

"아가씨 어데 가려고?"

"답답해서 친구 집에요."

도우미 아주머니도 부자와 어머니 사이에서 일어난 일을 알고 걱정스러운 마음에 물었다.

"언제 들어오는데?"

"모르겠어요, 늦어지면 나가서 전화할게요."

"늦지 않게 들어오세요."

부자가 대답도 없이 현관문을 열고 나가자 도우미 아주머니가 걱정스러운 표정을 지으며 바라보았다.

부자는 영미라는 대학 친구 집으로 향했다. 친구는 지방 출신으로 조그마한 원룸에서 자신의 꿈을 실현하기 위해서 방학인데도 부모님이 계시는 시골집에 내려가지 않고 고시 준비를 하고 있었다.

부자와 영미는 너무나 다른 환경에서 자랐지만 그래도 제일 믿고 의지하는 대학 친구다.

"부자야 어쩐 일이야 연락도 없이?"

"미안하다, 불쑥 찾아와서."

"무슨 그런 말을 하니 언제 우리 사이에 격식이란 것이 있었다고."

"그래 우린 친구니까."

"부자야 너 무슨 일 있구나?"

부자가 연락도 없이 찾아온 적이 없었기 때문이었다.

"왜 내가 이상해 보이니?"

"연락 없이 찾아온 적이 한 번도 없었지 않니?"

"그런가."

부자가 자신의 슬픈 모습을 보이지 않으려고 먼저 큰소리로 웃으며
말했다.

"영미야 시험 준비는 잘 되어가고 있니? 너라면 반드시 해내고 말 거
야."

부자는 영미가 자신의 꿈을 꼭 이루리라는 것을 조금도 의심하지 않
았다. 아버지 어머니 덕분에 호의호식하며 어려운 줄 모르고 자란 자신
과는 다른 승부 근성이 있다는 것을 알고 있기 때문이었다. 또한 남들
이 부자 자신을 부러워하고 있다는 것도 알지만, 오늘따라 무엇이 더 소
중한가를 생각하고 있었다. 부자는 영미와 하룻밤을 함께 지내고 싶어
친구에게 물었 다.

"부자야 너 지금 뭐라고 했니?"

"나 오늘 너하고 여기서 하룻밤 자고 간다고. 왜 안 되겠니?"

"너 지금 제정신으로 하는 거야?"

"그래 내 정신으로 하는 말이야."

"너 어머니 성격 몰라서 그러는 거야. 여기서 자고 간 것 알면 나는 어떻게 하라고?"

영미는 사색이 되어 안 된다고 했다. 후회할 일이란 하지 말라는 충고도 했다. 그리고 자고 가려면 어머니에게 허락을 받으라고 했다. 부자가 단 한 번도 부모님 곁을 떠나 혼자 외박을 해 본 적이 없다는 것을 영미는 알고 있었다. 부자가 어머니에게 허락을 받기란 하늘에 있는 별을 따기보다 어렵다는 것도 알고 있지만 그래도 할 수 있는 말은 그것뿐이었다.

"영미야 걱정하지 마라 내가 알아서 할게."

부자도 어머니에게 허락을 받기란 어렵다는 것을 알고 있기에 도우미 아주머니에게 전화를 건다.

"아주머니 저 부자예요."

"그래 아가씨 지금 어디야 언제 들어와?"

"저 오늘 친구 집에서 하룻밤 자고 갈 거예요. 그렇게 아시고 어머니에게 전해 주세요."

부자는 도우미 아주머니의 대답도 듣지 않고 일방적으로 수화기를 내려놓았다. 더 이상 변명을 늘어놓아도 소용이 없다는 것을 알고 있기 때문이었다. 어머니의 허락이 없는 외박은 핵폭탄을 터트리는 것과 같다는 것을 알고 있지만, 오늘은 왠지 두렵다는 생각이 들지 않았다. 영미처럼 자신의 결정대로 자유로이 하늘을 날아가는 새가 되어 날아보고 싶다는 욕망에 어머니의 분노를 묻어버리고 있었다.

부자는 지금까지 먹는 것, 입는 것 잠자는 일까지도 어머니의 관심 속에서 길들여져 살아온 것이 지극한 어머니의 사랑이라고 믿으며 따라왔다. 그러나 진정한 행복이 무엇인지 영미를 통하여 느끼고 있었다. 그리고 어머니의 그늘에서 벗어나야 한다는 생각을 하고 있었다. 그러나 어머니로부터 길들여진 습관은 이미 부자를 지배하고 있었다. 밤이 새도록 이야기를 하자던 부자는 밤 9시가 되자 잠에 빠져들었다.

　영미는 부자 어머니에게 전화를 걸어야 잠을 이룰 수 있을 것 같았다. 부자를 기다리고 있는 부모님 심정과 그토록 소원하는 친구 사이에서 갈등에 시달리며 영미가 전화기 앞으로 다가갔다. 그러나 수화기를 들 자신이 없다. 친구를 설득해서 집으로 들여보내지 못한 것에 변명할 자신이 없었기 때문이다. 그렇다고 자신의 어려움을 피하기 위해서 어렵게 결정하고 행동하는 친구를 배신할 수도 없었다. 분명한 것은 어머니가 단숨에 달려와 독수리가 먹이를 채 가듯 사정없이 끌고 가며 빨리 연락해 주지 않았다는 책임을 물어 불벼락이 떨어질 것이 분명하기 때문이다. 친구가 끌려가는 것을 보고 싶지도 않았다. 영미는 내일 일은 내일 걱정하기로 하자며 평화로운 모습으로 깊은 잠에 빠져 있는 부자를 한참 동안 바라보고 있었다. 그토록 부러웠던 친구가 오늘따라 측은해 보인다는 생각을 하면서 옆에 누워 보지만 잠을 이루지 못한 채 새벽을 맞았다.

　영미는 아침 식사로 토스트와 커피를 준비하고 있었다. 부자가 잠에서 깨어 방에서 나오는 것을 본 영미가 먼저 말을 걸었다.

"부자야 잠자리가 불편하지 않았니?"

"아니야 너는 나 때문에 걱정이 되어 잠도 못 잔 것은 아니니? 미안하다."

"계집애 별소리를 다하는구나. 화장실에 칫솔과 수건을 준비해 놓았으니 세수하고 아침이나 먹자."

"그래 고맙다. 영미야 네가 부럽다."

"호강에 겨운 소리를 하는구나."

"정말이야 너에게는 자유라는 것과 꿈이라는 것이 있지 않니. 나처럼, 새장에 갇힌 새처럼 숨을 쉬는 것만 빼놓고 내 마음대로 할 수 있는 일이 없어. 어린 시절부터 단 한 가지도 내 뜻대로 해 본 적이 없어. 이것 먹으라면 싫어도 먹어야 했고, 입으라면 입어야 했어. 그리고 한 번도 거역하지 않고 따랐지. 그렇게 어머니에게 길들여지면서 그것이 어머니의 사랑이라고 믿었어. 나도 이제는 스스로 결정하고 행동하는, 또한 잘못된 일이 생기면 스스로 책임져야 하는 나이인데 아직도 어머니의 사슬에서 풀려나오지 못하고 있어 이제 나도 너처럼 한 사회인으로 더 높고 더 멀리 날아가는 새처럼 날아보고 싶은데 말이야."

"그것이 다 부모님의 마음인가 봐. 우리 부모님도 똑같아. 집에 가면 나도 어린아이처럼 모든 일에 걱정이 되는지 잔소리가 심해서."

"영미야 사실은 어머니와 종교 문제로 좀 투정을 부렸어. 그래서 어머니도 기분이 상하셨고 나도 답답해 너에게 신세를 지는구나."

"섭섭하게 신세가 뭐니? 그리고 어머니 문제도 시간이 지나면 해결이 나지 않겠니? 지금은 계란으로 바위를 부수려는 것처럼 어려운 일이니 모른 척했으면 한다."

"그래 고맙다. 나도 그렇게 생각하기로 했어."

"잘 생각했어. 집에 전화하지 않아도 되겠니?"

"내가 알아서 할게."

부자는 아무런 대책도 없으면서 큰소리를 쳤다. 그리고 자신의 꿈을 향해 오늘도 최선을 다하고 있는 영미를 위해서 더 이상 부담을 주지 않기 위해서 그냥 영미 집을 나섰다. 막상 집을 나서고 보니 갈 곳이 없다. 갈 곳이 없다는 생각이 몹시도 자신을 괴롭히고 있었다. 집이 그리웠다. 그러나 친구 집에서 하룻밤의 외박이 부자 마음을 혼란스럽게 했다. 그리 크게 잘못한 것도 아닌데 죄인이 되어 집으로 향할 수 없다는 현실에 마음이 서글펐다.

부자는 목적지도 없이 무작정 걸었다. 한참을 걷고 나니 피곤함이 몰려왔다. 부자는 쉴 곳을 찾아 사방을 둘러보았다. 그리 멀지 않은 곳에 작은 공원이 보였다. 공원은 지나가는 사람도 없어 조용했다. 다행이라고 생각하면서 앞으로 어떻게 해야 할지 벤치에 앉아 생각해 보았다. 시원한 해답은 떠오르지 않았다. 그러다 아버지를 찾아가야겠다는 결론을 내리고 한강 여의나루로 갔다. 아버지 퇴근 시간을 맞춰 전화를 하기로 하고 한강물을 바라보았다. 검푸른 색을 띠며 흘러가고 있었다. 속을 내보이지 않고 흘러가는 강물이 갑자기 무섭게 느껴졌다. 강물에 숨어 있던 괴물이 뛰어올라 자신을 끌고 들어갈 것 같은 생각에 뒤로 한 발짝 물러서는데 공포의 전율이 온몸을 감쌌다. 부자도 공포의 전율에서 벗어나려 어머니와의 일, 어제 친구 집에서 하룻밤을 지낸 일 등을 강물에 띄워 보내려 하지만 떨쳐지지 않았다. 분노에 찬 어머니 얼굴이 떠올랐다. 아버지도 생각했다. 갑자기 부자는 혼자라는 생각에 집을 잃고 방황하는 노숙자 같다는 생각이 들었다. 쓸쓸한 미소가 그려졌다. 부자는 불길한 생각을 떨쳐버리지 못한 채 아버지에게 전화를 걸기 위해서 공중전화 부스로 갔다. 여비서를 통하여 아버지와 연결이 됐다. 딸을 부르는 아버지의 음성을 듣는 순간 부자의 두 눈에 눈물이 고였다. 감정이 북받쳐 올라 말문도 열리지 않았다. 아버지는 대답이 없는 딸의 이름을 애절하게 부르고 있었다.

"부자야, 우리 부자 왜 말이 없어 대답해 봐."

"아빠, 저 부자예요."

부자의 두 눈에서 눈물이 주르르 흘러내렸다.

"부자야 너 울고 있구나. 지금 어디에 있는지 말해라. 내가 그리로 가마. 우리 만나서 이야기하자."

"아버지 저 회사 근처에 있어요. 제가 갈게요."

"그럼 기다리마. 빨리 오렴."

부자가 아버지 사무실까지 가는데는 채 10분도 걸리지 않았다. 아버지는 딸을 보고 안도의 한숨을 쉬고 있었다. 그리고는 살며시 딸을 끌어안았다. 부자는 아버지에게 죄송하다는 말만 되풀이할 뿐이었다. 아버지도 어젯밤 일을 생각하고 있었다. 한숨도 못 자고 밤을 새우며 딸에 대한 어머니의 분노를 보았기 때문이었다.

도우미 아주머니로부터 딸이 친구 집에서 자고 들어온다는 말을 전해 듣고 설마했던 어머니가 밤 9시가 되어도 들어오지 않은 딸에게 분노로 몸을 떨고 있었다.

"아니 미치지 않고서 어떻게 외박을 해?

아버지가 친구 집에 있다니 별일이야 있겠느냐고 안심을 시켜 보지만 소용이 없다. 차갑게 얼어붙은 집안 분위기에 눈치를 살피며 지켜보던 도우미 아주머니와 지하 차고에서 대기하고 있는 어머니 운전기사도 퇴근을 못 하고 있었다. 시간이 흐를수록 어머니는 딸에게 실망과 분노가 눈덩이처럼 쌓이고 있었다.

아버지와 함께 집에 들어온 딸을 본 어머니의 반응은 아버지가 걱정하고 있는 것과는 너무나 달랐다. 금방이라도 폭탄이 터질 줄 알았던 것과는 달리 차분한 모습을 하고 있었다. 부자를 자기 방으로 보낸 아버지는 어머니를 안심시키기 위해 신경을 썼다. 아버지는 어머니가 딸의 어젯밤 외박을 용서한 것이 아니라는 것을 알고 있기 때문이었다.

"여보 친구 집에서 있다가 무사히 돌아왔으니 화 풀어요."

어머니는 대꾸도 없이 자리에서 일어나 부자 방으로 올라갔다. 부자를 보고 잠시 망설이다가 어제 아침 집에서 나가 돌아올 때까지 말하라고 다그쳤다. 부자는 친구 집에서부터 아버지를 만나 들어오기까지의 과정을 솔직히 말했다. 어머니는 확인하겠다며 친구 전화번호를 알려 달라고 했다. 그러나 부자는 친구까지 날벼락이 떨어질 것이 두려워 입을 다

물어야 했다. 친구 전화번호를 알려 주지 않는 딸에게 화가 난 어머니는 집에서 한 발자국도 나가지 못하도록 금족령을 내렸다.

"외박을 하다니, 우리 가문에서는 있을 수 없는 일이야."

어머니는 흥분을 참지 못해 서성거리더니 방을 나가 버렸다.

부자도 자신의 행동에 관해서 어머니도 너무 한다 싶어 방문을 잠가 버렸다. 그래도 어머니를 이해해 보려 하지만 쉽지 않다. 이왕지사 벌어진 일인데 너무 빨리 백기를 든 것 같아 후회스러웠다. 너무나 나약한 자신이 부끄럽다는 생각에 방에서 두문불출 아무와도 접촉을 하지 않았다. 그리고 식사도 하지 않았다. 그러나 어머니에게 저항하거나 단식을 하기 위한 의식적인 행동은 아니었다. 그리고 다시는 어머니의 일에 간섭하지 않겠다고 마음을 정리하고 있었다. 신앙의 자유라는 구절을 인용하면서 어머니의 사생활이라고 인정했기 때문이었다. 어머니의 종교 문제를 침묵만 지키고 있는 아버지에게 실망도 있었지만, 어머니의 종교관에 관해 아버지의 침묵이 무엇을 의미하는지 알 수 있을 것 같았다.

집에 들어온 지 3일이 지났지만, 부자도 어머니도 누가 먼저 말을 걸지 않았다. 걱정스러운지 가끔 아버지만 딸의 방문을 열고 들여다보고 나가곤 했다. 그리고 어머니와 아버지 의견이 대립되고 있었다.

어머니는 부자가 제정신이 아니라며 정신과 진찰을 받아보아야 한다고 고집을 했고 아버지는 조금 더 두고 보자고 했다. 부자에 관해 어머니는 하룻밤의 외박도 문제지만 자기 방에서 두문불출하는 것과 식사를 하지 않는 것도 문제를 삼고 있었다. 어머니의 고집에 아버지도 할 수 없이 정신과 진료를 받아 보기로 하고 인맥을 통해 유명하다는 정신과 의사를 소개받아 상담 약속이 정해졌다. 그러나 부자는 아무것도 모른 채 어머니의 분노를 어떻게 풀 수 있게 할지만 궁리하고 있었다.

정신과 의사 앞에 앉은 어머니는 상담이라기보다 딸에 관한 자신의 분노를 분출하고 있었다.

"선생님, 제 딸년이 나더러 사이비 종교에 나간다며 나가지 말라고 따지고 외박까지 하고 들어왔습니다. 친구 집에서 자고 왔다고 하지만 믿을 수가 있어야지요."

"딸의 이야기를 믿지 못할 이유라도 있습니까?"

"친구가 누구인지 이야기를 하라고 하는데도 이야기를 하지 않아요."

"그래요?"

"그리고 하루 종일 공원과 한강 고수부지를 방황하다 들어왔다고 하더군요. 집에 들어와서는 자기 방에서 며칠 동안 밥도 먹지 않고 문을 잠근 채 두문불출하고 있습니다."

모든 것이 다 사실이지만 어머니는 좀 과장이 심했다. 아버지는 자신이 끼어들 자리가 없다는 것을 알고 두 사람의 이야기만 듣고 있어야 했다. 정신과 의사는 어머니 이야기를 열심히 받아 기록하고 입원 치료가 필요하다고 말했다. 어머니는 당연하다는 듯 알았다고 대답을 했고 아버지는 여전히 침묵만 지키고 있었다. 무슨 말을 한다고 해도 어머니의 고집을 꺾을 수 없다는 것을 알고 있었기 때문이다.

집으로 돌아온 어머니는 부자에게 내일 정신과 의사와 상담 예약이 되어 있으니 그렇게 알고 있으라고 통보했다. 아버지와 상의해서 결정한 일이라고 했다. 정신과 진찰을 받아야 한다는 어머니의 말을 도무지 용납할 수가 없었다. 부자가 자신은 정상이라며 가지 않으면 안 되냐는 말에 어머니는 단호했다. 부자는 어머니의 결정에 빠져나갈 구멍이 없다는 생각과 정신과 의사도 자신의 이야기를 들으면 정상이라고 공감해 줄 것이라는 믿음 때문에 승낙을 했다.

부자는 어머니와 아버지를 따라 정신병원에 갔다. 정신과 의사의 눈동자가 A4 용지 지면 위를 잠시 스친 후 부자를 바라보고 말을 했다.

"송부자 씨. 외박을 잘못된 행동이라고 생각하지 않습니까?"

"선생님 어머니의 허락 없이 친구 집에서 하룻밤 외박하여 걱정을 끼쳐드린 것은 죄송하지만 그렇다고 제가 한 행동이 정신과 진찰을 받아야 할 정도로 문제가 되나요?"

"물론입니다."

원장은 부자의 이야기에는 별 신경을 쓰지 않았다. 이미 보호자와 입원 치료를 하기로 결정이 되어 있기 때문이었다. 입원하여 치료를 받아야 한다는 의사의 말에 부자는 맑은 하늘에 날벼락을 맞은 것처럼 정신이 혼미해지며 온몸에 힘이 빠졌다. 어머니가 무슨 말을 어떻게 했는지 모르지만, 자신이 정신병원에 입원해야 한다는 것은 상상도 못 해 본 일이었다. 그러면서도 정신과 의사는 부자에게 외박한 원인은 한마디도 묻지 않았다. 설명을 하려 해도 들어주지 않는 정신과 의사에게 부자는 더욱 화가 나 욕이라도 퍼부어 주고 싶지만, 이성을 잃지 않으려 애를 썼다.

"선생님 지금 제가 미친 사람으로 보이세요? 정말 너무하신 것 아니세요. 저는 입원을 하지 않을 테니 그리 아세요."

"이곳은 미친 사람만 입원하는 곳이 아닙니다."

"그럼 생사람도 입원시키는 곳입니까?"

"그럼 다 큰 처녀가 부모님 허락 없이 외박한 행동이 제정신이라고 생각합니까?"

"예 저는 지극히 정상입니다. 그리고 친구 집에서 하룻밤 자고 간다고 도우미 아주머니에게 전화로 어머니에게 전해 달라는 부탁을 했습니다."

"왜 어머니에게 직접 전화하여 허락을 받지 않았나요?"

"어머니가 허락을 하지 않을 테니까요."

"그것은 외박하면 안 된다는 이야기가 아닌가요?"

"이제 저도 대학 졸업을 몇 달 남겨 놓은 예비 사회인으로 이미 성년이 된 나이입니다."

"성년이 되면 자신이 하고 싶은 대로 해도 되는 겁니까?"

"그럼 제가 거짓말을 하고 있다는 겁니까?"

"그럼 왜 친구 집 전화번호를 알려주지 않았나요?"

"제가 친구 집 전화번호를 말하지 않은 것은 어머니가 친구를 찾아가 연락을 해 주지 않은 것에 분풀이할까 봐 그랬습니다."

"그건 말이 안 돼요."

"아무리 그래도 저는 입원을 하지 않습니다."

부자가 자리에서 일어나 진찰실을 나가려 했다. 밖에서 대기하던 건장

한 남자 한 명이 들어서며 부자 앞을 가로막았다.

"저리 비켜요."

부자가 남자를 밀어젖히며 말을 했다. 그러나 남자는 꼼짝도 안 했다.

"그러지 말고 저를 따라오세요."

남자가 미소를 지으며 말했다.

"당신이나 비켜요. 안 비키면 내가 나아가서 당신들을 불법 감금죄로 고발할 거야."

그것은 최후의 발악 같은 거였다.

"마음대로 하시고 오늘은 저를 따라오는 것이 좋을 겁니다."

남자는 더욱 강경했다.

분위기가 험악해지자 부자 어머니와 아버지가 살며시 진찰실을 빠져나갔다. 불안을 느낀 부자가 나가지 말라고 애원하듯 어머니를 불렀다. 그러나 아버지와 어머니는 한마디 대꾸도 없이 나가 버렸다. 부자는 정신과 의사에게 다가가서 애원해 보려 하지만 남자는 강제로 끌고 가려 했다. 부자는 울부짖었다.

"모두 미쳤어. 생사람 잡아도 유분수지. 돈이 필요하면 우리 어머니에게 달라고 해, 얼마든지 줄 테니까? 사기꾼 집단에도 마구 퍼 주는 사람이니까."

부자는 어머니에 관한 분노가 터져 나왔다. 아버지에게도 실망이었다. 진찰실 밖 대기실에 있는 외래 환자와 입원 환자 보호자들을 의식해서인지 남자가 태도를 바꾸며 부자를 달랬다.

"송부자 씨 그럼 입원보다 우선 정상인지 아닌지 뇌파 검사부터 해

봅시다."

부자는 정상인지 아닌지를 검사한다는 말에 희망이 느껴졌다. 기계는 사람처럼 거짓말을 하지 않을 거라는 믿음 때문이었다.

"선생님 뇌파 검사에서 정상으로 나오면 집에 보내 주는 거지요?"

정신과 의사가 알았다고 대답했다. 부자의 마음도 한결 여유가 생겼다.

남자가 따라오라며 앞장섰다. 부자가 뇌파실로 이동하며 어머니와 아버지를 찾았다. 하지만 보이지 않았다. 실망스러웠지만 곧 집으로 돌아갈 수 있다는 희망에 남자를 따라갔다.

뇌파실로 따라서 들어간 부자는 굳게 입을 다문 채 남자가 지정해 준 자리에 앉아 사방주위를 둘러보았다. 반지하로 낮에도 형광등을 켜놓았지만 어둠침침했다. 지상으로 올라온 작은 공간으로 햇살이 얼굴을 내밀고 있었다. 코끝을 자극하는 냄새는 한 번도 맡아 본 적이 없는 표현하기 어려울 정도의 악취가 났다. 금방이라도 토할 것 같았지만 뇌파 검사만 끝나면 나갈 수 있다는 생각에 참아야 했다. 그리고 부자의 주위를 맴돌며 바라보는 사람들이 몹시도 거슬렸다. 초점을 잃어버린 눈동자, 핏기가 사라져 생기가 없어 보이는 얼굴, 축 늘어진 어깨가 몹시도 무거워 보였다. 부자는 요괴 인간을 보고 있다는 착각에 지옥에 떨어져 있다는 생각이 들었다.

부자가 한참을 기다려도 뇌파 검사를 하자는 소식이 없었다. 함께 내려온 남자를 찾아보기 위해서 조금 떨어져 책상 앞에 앉아 있는 남자에게 다가가 자기와 함께 내려온 남자가 왜 보이지 않는지 물어보았다.

"김 실장은 왜 찾는 거요?"

부자는 그제야 그 남자의 직함이 김 실장이라는 것을 알았다.

"뇌파 검사를 하러 왔는데 소식이 없어서요."

"무슨 소리요. 당신은 지금 입원한 거요. 이곳은 뇌파 검사실이 아니고 입원실입니다."

"뭐요 제가 입원이 되었다고? 당신이 잘못 알고 있는 것 아닌가요?"

"장사 하루 이틀 해요?

"난 믿을 수가 없으니 어머니를 만나게 해 주세요."

"그건 안 됩니다. 이미 부모님은 입원서약서를 쓰고 집으로 돌아갔습니다."

"아니요, 위에서 나를 기다리고 있어요. 연락 좀 해 주세요."

부자는 사정을 했다. 아니 사정도 아닌 애걸이라 해도 좋았다. 직원은 짜증을 내면서 인터폰으로 확인을 해 주었다. 부자 부모는 집으로 가고 병원에 없었다. 부자도 어머니가 병원에 없다는 것을 인정하면서도 포기하지 않고 남자에게 자신의 뜻을 전달하려고 애를 썼다.

"한국은 엄연한 법치국가인데 이렇게 사기를 쳐도 되는지 내가 나가면 경찰서에다 고발할 거야."

소리를 질러 보지만 남자는 해볼 테면 해보라는 식이었다. 한 가닥 희망을 걸었던 부자는 뇌파 검사가 무산되자 절망의 나락으로 떨어지는 기분이었다. 문 앞으로 다가가 열어 보려 하지만 철제로 된 문은 굳게 잠겨 있었다. 화가 난 부자가 문을 발로 차 보지만, 철제 소리만 요란히 울려 병실을 소란하게 했다. 바닥에 주저앉아 악을 쓰며 떠들어 보지만 아무도 들어주려 하지 않았다. 정말로 미친 사람처럼 체면도 사라지고 없었다. 다만 여기서 벗어나야 한다는 생각뿐이었다. 부자가 도저히 체념할 수 없어 다시 남자 직원에게 떼를 써 보지만 소용이 없다. 다시는 풀수 없는 사슬에 묶여 버린 것 같아 혀라도 깨물고 죽고 싶은 심정이었다. 어머니와 정신과 의사 그리고 자신 세 사람 중에서 어디에 진실이 존재할까? 진정 어머니는 딸을 위하고 의사는 환자를 위하고 부자 자신은 어머니와 가정을 위한다는 명목 아래 행한 행동이 얼마나 잘못된 일일까? 그러나 자신이 정신병원에 입원까지 해야 한다는 것만은 도저히 이해가되지 않았다. 무엇이 진실인지 알 수 없으나 지금 자신이 제일 큰 피해자가 되고 있다는 생각에 눈물이 흘러내렸다. 운명이라며 받아들이기에는 너무나 감내하기가 어려웠다. 다만 피해자와 가해자 사이에 진실은 존재하지 않는다는 생각뿐이었다. 이제 자신의 힘만으로 돌아가기에는 너무나 먼 곳까지 달려와 있다는 생각이 들었다. 정신병자라는 굴레 속에서 살아가야 하는 신세가 된 것을 인정하기는 싫었지만, 현실은 인정하지 않으면 안 되는 처지가 되고 말았다.

저녁 9시가 되자 남자 직원이 취침 시간이라고 고함을 지르고 병실을 돌아다니며 인원 파악을 했다. 방마다 형광등이 꺼지고 병실 안을 들여다볼 수 있을 정도 밝기의 조명등으로 바꾸어 켜 주었다. 부자방도 예외일 수는 없었다. 형광등이 꺼지고 조명등이 켜진 방이 오히려 편하다는 생각이 들었다. 차라리 이렇게 정지된 상태에서 모든 것이 끝나 버렸으면 좋겠다는 생각을 하고 있었다. 한평생 정신병자라는 멍에를 안고 살아갈 자신이 없기 때문이었다. 불면증에 걸린 사람처럼 잠을 이룰 수가 없었다. 직원의 눈치를 보며 잠을 자는 척하려니 몹시도 불편했다. 그리고 가슴이 몹시도 답답해 숨이 막힐 것 같았다. 사고라도 생길까 봐서 그런지 남자 직원들이 번갈아 가며 창문을 통해 감시를 하고 있었다. 부자는 이대로 잠이 들면 안 될 것 같은 불안감에 뜬눈으로 밤을 새우고 말았다. 불길한 상상에 무척이나 힘겨운 하룻밤이었다.

부자가 기다리던 회진 시간이 되었다. 정신과 의사가 부자에게 물었다.

"외박한 것에 관해서 반성 좀 하였습니까?"

정신과 의사의 반성이란 말에 부자는 동의할 수는 없었다.

"선생님 저는 지극히 정상입니다. 집에 가게 해 주세요."

요구라기보다는 간절한 애원이었다.

"부모에 반항하고 허락도 없이 외박한 것에 반성도 없이 정상이라고 집에 보내 달라는 말이 나옵니까?"

"전 가출도 하지 않았고 어머니에게 반항도 하지 않았습니다. 다만 어머니가 사회로부터 지탄받고 있는 종교를 올바로 바라보기를 요구하였고, 친구의 집에서 하룻밤 자고 들어간 것뿐입니다. 그리고 어머니가 허락하지 않을 것 같아 도우미 아주머니에게 친구 집에 있다고 전했습니다. 이제 저도 성인인데 그 정도의 의사 결정은 할 수 있는 것 아닌가요?"

정신과 의사는 송부자 말에 대꾸도 없이 병식이(자신이 환자라는) 부족하다고 걱정을 하며 병실을 나섰다. 부자가 정신병동에서 벗어날 기회를 놓치고 있다는 절망감에 바지 자락이라도 잡고 애걸이라도 하고 싶지만, 자신을 가로막는 직원들의 높은 장벽을 넘을 수는 없었다. 부자가 몸부림치며 퇴원이 아니면 어머니와 면회라도 시켜달라고 소리를 질렀다. 집으로 돌아가게 해 달라고 애원을 해 보지만, 정신과 의사는 뒤도 돌아보지 않고 병실을 나가 버렸다. 송부자의 울부짖음은 독백에 불과했다.

오전 10시. 외래 간호사로부터 치료자 이름이 적혀 있는 쪽지 한 장을 전달받고 직원들이 분주히 움직이고 한 직원이 틀어놓은 전축에서는 디스코 풍의 팝송이 흘러나왔다. 직원들은 콧노래를 따라 부르며 신이 난 듯 움직였다.

환자들이 안절부절못하며 직원과의 눈을 마주치려고 애를 썼다. 전달된 쪽지에 자신의 이름이 있는지 알아보기 위해서였다. 그러나 직원들은 냉정했다. 환자들은 얼굴색이 창백해지며 입술이 마른 듯 계속 입맛을 다셨다. 이미 물과 음식물은 통제되고 있었다. 직원이 명단에 있는 환자들에게 소변을 보라고 강요를 했다. 전축에서 흘러나오는 노랫소리가 중단될 때까지 1시간 동안 환자들은 자신과의 힘겨운 싸움을 해야만 했다. 오직 오늘은 자신이 치료자 명단에 올라 있지 않기를 바랄 뿐이었다. 정신병원에 입원한 환자들에게 하루 중 가장 긴 시간이다.

오전 11시가 되어 정신과 의사가 병실로 내려왔다. 직원들은 빠른 동작으로 자신이 맡은 역할을 위해 움직였다.

거실 바닥에 요를 깔고 옆에는 전기 충격기와 흡입기 그리고 정수된 물과 휴지 마우스피스가 놓여 있다. 병동 책임자인 이 실장은 요 상단에 양반다리를 하고 앉았다. 박 씨라고 하는 남자 간호조무사는 우측 상반신 쪽에 서 있었고, 여자인 윤 간호조무사는 좌측 다리 부분에 서 있었다. 그리고 김 실장은 치료를 받아야 하는 환자 명단을 들고 환자들이 모여 있는 병실 앞에 서 있었다. 치료를 받아야 하는 환자 7명 중 맨 위에 송부자의 이름이 적혀 있었다. 부자가 호명을 받고 병실에서 나와 정신과 의사가 서 있는 곳으로 걸어갔다. 이 실장은 재치를 발휘하려는 듯 부자에게 정상인지 뇌파를 찍어 보자고 했다. 정신과 의사에게 퇴원을 요구하며 떼를 쓸까 봐 선수를 치고 있었다. 부자가 바라고 있었던 일이라며 빨리 정상이라고 증명하고 나갈 수 있다는 생각으로 이 실장 이야기에 잘 따랐다. 정신과 의사가 요 위에 누워 있는 부자의 가슴에 청진기를 대고 소리를 들었다. 혹시 부정맥이나 폐에 이상이 있으면 치료를 중단해야 하기 때문이었다. 정신과 의사가 청진을 하고 아무 말이 없자 정상이라고 판단한 이 실장이 지름이 3cm 정도의 원형 철판에 1차로 탈지면을 1cm 정도 깔고 천으로 감싼 두 개의 원판을 전류가 잘 통하도록 소금물을 촉촉이 바른 후, 이마 좌우 관자놀이에 각각 하나씩 맞추고 움직이지 않도록 고무밴드로 고정을 시켰다. 호수로 만든 마우스피스를 '아' 하고 입을 벌리게 하고 입 안 어금니에 고정을 시켰다. 다시 입을 다물게 한 뒤 턱에다 손을 대고 힘을 주어 입이 벌어지지 않도록 앞으로 당겼다. 그리고 다른 한 손은 뒷목을 잡고 앞으로 당겼다.

우측에 서 있던 박 간호조무사가 무릎을 꿇고 상체를 앞으로 수그리며 부자의 양쪽 어깨에 몸무게를 실어서 눌렀다. 좌측에 서 있던 여자인 윤 간호조무사가 무릎과 허벅지를 함께 물리고 손은 두 손목을 잡은 채 말을 탄 자세로 올라타 움직이지 않도록 압박을 가했다.

부자가 심한 수치심과 답답함을 느끼지만, 정상이라는 결과를 보여 주어야 한다는 절박감에 참아 내고 있었다. 지금 부자는 뇌파 검사를 받고 있는 것이 아니고 전기 충격 요법이라는 치료를 받기 위한 준비를 하고 있었다. 그리고 정신과 의사가 스위치를 누르자 부자는 으으으_악 하고 신음 소리를 지르며 잠시 온몸이 수축되었다가 이내 온몸이 풀리며 심한 경련을 일으키고 있었다. 경련이 끝나고 온몸이 축 늘어지며 숨이 멈추자 신속한 움직임으로 이 실장과 박 간호조무사가 합심하여 인공호흡을 실시하고 있었다. 그리고 호흡이 정상으로 돌아오자 깊은 호흡을 하며 축 늘어진 몸을 세 사람에게 의지해서 부자는 정신을 잃은 상태로 준비된 병실에 이동되었다.

똑같은 방법으로 7명의 환자도 치료가 끝나고 12시가 되자 이 실장이 치료를 받지 않고 방에 갇혀 있던 환자들의 방문을 열어 주었다. 1시간의 공포 속에서 떨던 환자들에게 이미 불안이라는 모습은 사라지고 식사 시간이라고 외치는 직원의 소리에 굶주린 짐승처럼 먹이를 찾아 지하 식당으로 내려갔다.

병실에는 이 실장과 치료를 받은 7명만이 남아 있었다. 부자를 포함해서 3명은 아직도 잠에 취해 있었고 나머지 4명은 자리에서 일어나 비틀거리며 홀 쪽으로 걸어 나왔다. 아직 정신이 회복되지 않아 방향 감각이 없었다. 이 실장이 다가가 환자들을 소파에 앉아 있으라며 부축해 주었다. 부자가 잠에서 깨어나 옆에서 아직도 자고 있는 두 명의 환자를 한동안 바라보고 있었다. 자신이 왜 여기에 누워 있는지 여기가 어디인지 분간이 되지 않았다. 머리가 깨지는 듯 아파 두 손으로 감싸안았다. 속이 울렁거려 토할 것만 같았다. 일어서려 해도 힘이 빠져 버린 몸이 말을 듣지 않았다. 두 손과 무릎으로 기어가 밖을 내다보았다. 그러나 아무도 보이지 않았다. 부자가 제자리로 돌아와 쓰러지듯 바닥에 누워 눈을 감아 버렸다. 잠시 후 이 실장이 문을 열고 들어오자 부자가 놀라 자리에서 일어나 앉았다. 이 실장은 자고 있는 두 여인을 깨워 밖으로 데리고 나가면서 부자에게 따라 나오라고 했다. 부자가 몇 번을 일어서려 하지만 균형을 잃고 자리에 주저앉았다. 그리고 다시 자리에 누워 몇 분이 지나자 뇌파 검사를 받았다는 생각도 떠올랐다. 이곳에서 하룻밤을 보낸 것도 생각이 났다. 빨리 결과를 알아보아야 한다는 마음에 밖으로 나가 직원에게 물어보지만, 아직 결과가 나오지 않았다고 했다. 그리고 직원이 준 약을 먹으면서부터 온몸에 힘이 빠지고 눈이 자꾸 감기며 입이 말라왔다. 오직 누워 잠만 자고 싶었고 몸도 마음대로 움직여 주지 않았다. 부자는 전기 충격 요법과 약물 때문에 잠자는 것이 하루의 전부가 되어 꿈속을 방황하며 한 달이라는 시간이 흘러갔다. 그리고 자신이 왜 정신병원에 입원되어 있는지를 알게 되었다.

부자는 시간이 지나면서 병원과 어머니에 대한 분노보다 탈출구를 찾아야겠다는 생각으로 변하고 있었다. 그리고 자신의 감정을 다스리고 있었다. 자신이 서 있는 곳이 얼마나 무서운 곳인지 실감하면서 세상은 강자의 힘으로 지배되고 힘이 없는 진실은 어리석은 행동이라는 것을 생각하고 있었다. 시작이 있었으니 반드시 끝도 있을 거라는 확신 속에서 기다리며 적응해 나가고 있었다.

어머니는 부자를 입원시키고 병원에 한 번도 오지 않았다. 아버지만 하루가 멀다 하고 출퇴근길에 다녀갔다고 직원을 통해서 알게 되었다. 그리고 부자의 가족과의 면회는 병원 측에서 치료 중이라는 명목으로 허용되지 않았다.

3개월이 지나면서 부자에게 가족이 면회를 왔다고 전해졌다. 부자는 아직 남아 있는 분노의 감정인지 반가운 생각은 들지 않았지만, 이곳을 빠져나가기 위한 자신의 모습을 보여 주는 기회라며 직원을 따라 면회실로 갔다. 그러나 기대하던 부모님이 아닌 약혼자인 영찬이었다. 부자가 정신병원에 입원했다는 소식을 듣고 잠시 귀국하여 병원을 찾은 거였다. 그런데 부자는 영찬이의 표정을 보는 순간 입원 중에 가장 우려하던 문제가 현실로 다가옴을 느꼈다. 정신병자라는 멍에를 안고 살아가야 한다는 생각이었다. 부자는 반가움보다 평생을 좌우할 자신의 문제점에 승부수를 던지며 분명한 대답을 요구하고 있었다.

"영찬 씨. 우리 어머니를 잘 알고 있으리라 믿어요. 나는 어머니로부터 희생자가 되어 벌을 받고 있는 중이라고 생각하면 이해가 되겠지요. 내 요구는 간단합니다. 내가 정신병원을 나가는 순간부터 영찬 씨뿐만 아니라 전 가족들은 내가 정신병원에 입원했던 이야기를 한마디라도 거론하지 않겠다는 확답을 받고 오지 않으면 다시는 찾아오지 말았으면 합니다."라면서 자리에서 일어나 병실로 내려갔다. 당신만은 자신을 믿어 달라는 간절한 마음인지도 몰랐다. 다음 날 영찬은 병원을 찾아 부자에게 무엇을 말하는지 알고 있다며 즉시 퇴원을 시켜 병원 밖으로 나선다. 부자는 입을 다문 채 뒤도 돌아보지 않고 한참을 하늘을 쳐다보다 대기하던 차에 올라 아무런 일도 없었다는 듯 멀어져 가고 있었다.

정신병동24시

곰보추어탕

「곰보추어탕」 2012년 12월호 한국소설

청량리 전철역 인근에 소재한 준종합 병원 원무과에서 최 실장을 찾는 전화가 걸려 왔다. 신경외과 영역의 치료가 끝나고 후유증상인 기억 장애 치료를 받기 위해서 신경정신과로 이송을 해야 할 환자로 입원실이 있는지를 물었다. 신경정신과 전문의와 병실이 부설되어 있지 않아, 신경정신과에 해당하는 환자가 발생하면 종종 걸려 오는 전화다. 신경정신과 전문 병원인 우리병원에서도 정신과 영역을 벗어난 다른 과에 해당하는 환자가 발생할 때면 치료를 의뢰하는 상호 협동하는 관계다.

　교통사고로 뇌수술을 받고, 오랫동안 의식이 없는 상태로 누워 있다가 깨어난 관계로 거동이 불편하고 기억 장애를 보이는 환자라고 설명을 했다. 잠시 후에 환자가 이송되어 왔다. 이송 책임자가 내민 서류에는 환자 이름과 주소가 비어 있었다. 밤 12시가 다 된 시간에 사고를 당한 환자로 만취 상태였고, 아무런 신분증도 몸에 지니고 있지 않아 신원 확인이 되지 않은 환자였다. 불행하게도 의식이 돌아오면서 모든 기억을 상실하여 자신의 이름도 기억하지 못했다.

손해보험사가 대리 보호자가 되어 모든 것에 책임을 진다는 별도의
서류가 첨부되어 있었다. 환자는 교통사고가 발생한 지 1년이 지나가는
시점에서 이송되어 왔다. 그런데 환자 상태가 전화상으로 설명을 듣던
것보다 훨씬 심한 상태였다. 거동이 조금 불편한 줄 알았는데 스스로 거
동을 할 수 없는, 남의 도움을 받아야 하는 상태로 신경 정신과 병동에
수용하여 치료하기에는 어려움이 많은 환자였다. 환자가 들것에 실려 구
급차에서 내려 병실로 옮겨졌다. 환자는 들것에 누워 천정만 바라보고
있었다. 구급대원들이 환자를 들어서 침대가 아닌 온돌방에 깔아 놓은
요 위에다 내려놓고 병실을 빠져나갔다. 환자를 본 병실 직원들이 술렁
이고 있다. 받으면 안 될 환자라는 거였다. 어떤 직원은 노골적으로 불만
을 토했다. 받지 말고 돌려보내야 한다고 했다. 그러나 일단 실려 온 환자
를 돌려보내기란 최 실장으로서는 아무런 명분이 없었다. 처음부터 우
리병원에선 수용하기에 힘든 환자라고 거절을 했어야 할 환자였다. 최 실
장은 자신의 경솔함을 느끼고 있었다. 그러나 늦은 후회였다. 병실 직원
들에게는 미안한 일이지만 설득을 할 수밖에 없었다. 최 실장이 구급대
원들에게 수고했다면서 현관까지 배웅을 하고 환자가 입원하고 있는 병
실을 다시 찾았다. 환자는 바뀐 환경에 몹시 긴장을 하며 불안한 모습을
보였다. 정신병원이라는 선입감 때문인지도 몰랐다. 환자는 과거의 기억
도 잃었지만, 정신 연령도 10세 정도로 퇴행되어 있었다.

"긴장하지 마세요. 저희 병원에서 잘 치료해서 기억을 되찾게 해 드리
겠습니다."

환자는 눈치를 살피며 최 실장을 바라만 볼 뿐 아무런 반응을 보이지

않았다. 뇌수술 후유 장애로 언어 능력도 떨어져 있다는 것을 알고 있어 대답을 강요하지는 않았다. 최 실장이 병실을 나와 직원실로 갔다. 직원들의 얼굴이 모두 어두워 보였다. 직원들을 보는 순간 죄인이라도 된 듯 마음이 무거웠다. 그러나 직원들 중 아무도 입을 열지 않았다. 다만 최 실장의 눈치를 살피며 무슨 이야기가 나올지 기다리고 있었다.

"정말 미안합니다. 여러분들에게 너무나 큰 짐을 지우는 것 같아 미안하다는 이야기 외엔 더할 말이 없습니다. 가능한 한 빨리 여러분들의 수고를 덜기 위해서 인력이 풍부하고 시설을 잘 갖춘 병원을 알아봐서 이송할 것을 약속하겠습니다."

최 실장의 진솔한 사과와 빠른 조치를 취한다는 말에 공감을 하는지 아니면 반대를 한다고 해도 소용이 없을 거라는 것을 알고 있기 때문인지 직원들은 침묵만 지키고 있었다. 최 실장은 직원들에게 이해해 주어 고맙다는 말을 남기고 직원실을 나섰다.

이송되어 온 환자가 7일이 지나 기적 같은 일이 일어났다. 그동안 누워 직원들의 보호를 받던 환자가 남의 도움도 없이 혼자의 힘으로 자리에서 일어나 병실 문 앞에 서서 직원실 쪽을 바라보고 서 있었다. 직원한 명이 놀라며 환자에게 다가가 부축을 하여 환자들의 쉼터인 거실로부축하여 소파에 앉혔다. 환자가 두리번거렸다. 주위에는 책이 가득 채워진 책장이 한쪽 벽을 채우고 있고 반대 벽에는 TV가 놓여 있다. 운동기구인 자전거도 보였다. 출입구 쪽으로 직원용 책상이 놓여 있고 직원이 순번으로 돌아가며 자리를 지켰다. 병실 복도를 통해 병실이 한눈에 들어와 환자들의 일거일동을 관찰하고 있다. 신경정신과 특성상 불미스러운 일이 벌어지기 전에 사고를 방지하기 위해서다. 거실로 이동된 환자가 주위에 앉아 있는 다른 환자들을 유심히 바라보았다. 남자 간호조무사가 최 실장에게 인터폰을 했다.

"실장님, 직원 송지훈입니다."

"예, 무슨 일이십니까?"

"7일 전에 입원한 이름이 없는 환자가 스스로 일어나 병실 문 앞에 서 있는 것을 부축하여 지금 거실 소파로 옮겨서 앉아 있습니다.

"그것이 사실입니까?"

"예."

최 실장은 믿기지가 않았다. 두 눈으로 확인하기 위해서 수화기를 내려놓기가 무섭게 병실로 달려갔다. 직원이 이야기한 대로 환자가 거실 소파에 앉아 있는 모습을 확인되는 순간 놀라고 있었다. 옆으로 바싹 다가간 최 실장이 환자에게 말을 걸었다. 환자는 쳐다만 볼 뿐 아무런 대답도 하지 않았다. 그러나 최 실장은 한 가지 걱정이 사라진 것 같아서 환자에게 고마운 생각이 들었다. 이제는 대소변을 받아내지 않아도 된다는 생각 때문이었다. 그리고 희망이 보인다는 생각을 하자 가슴이 설렌다. 성급한 마음에 최 실장이 환자에게 이름이 무엇이고 고향이 어디며 서울에서 살던 곳은 어디냐고 물어보지만, 기억이 나지 않는지 입을 다문 채 바라만 보았다. 최 실장은 똑같은 질문을 반복해 보지만 소용이 없다.

환자가 입원한 지 2주일이 지나가고 있다. 기억에는 별로 변화는 없지만, 육체적인 건강의 변화는 좋아지고 있었다. 그러나 남의 도움 없이도 움직일 수는 있지만 아직도 쓰러질 듯 부자연스러운 행동이다. 그리고 아직도 일일이 알려 주어야 하는 것도 많았다. 화장실을 갈 땐 직원이 동행하여 도와주고 양치질과 세면도 알려 주어야 했다. 아직도 직원들이 신경을 많이 써야 했다. 시간이 지나면서 다른 환자들과 어울리려고 눈웃음을 주고받았다. 뇌수술 때 밀었던 머리는 수술 자국이 훤히 보였다. 환자들이 놀려도 기분이 좋은 듯 웃음으로 답을 보냈다. 병실 동료 환자들이 별명을 하나 지어 주었다. 중같이 머리를 밀었다고 땡땡이라고 불렀다. 이제는 모두가 땡땡이라고 부르면 대답을 하듯 돌아보고 웃었다. 땡땡이 환자가 3주가 지나가면서 한 가지 기억을 해내고 있었다. 자신의 별명은 땡땡이가 아니고 '진드기'라고 했다. 병실은 갑자기 웃음바다가 되었다. 땡땡이 환자로 말미암아 병실 분위기가 가끔씩 웃음바다가 되고 있었다.

땡땡이 환자가 입원을 한 지도 한 달이 지나가고 있었다. 그동안 최 실장은 가족을 찾기 위해서 단서가 될 만한 기억을 하는지 물어보지만 별로 성과가 없었다. 그리고 별 가능성이 보이질 않았다. 정상에서 50%는 빠져 있는 상태로 보아도 무리는 아니었다. 영원히 사람 구실하고 살기란 힘들 것 같았다. 그래도 가족은 찾아 주고 싶었다. 별로 기억해 내는 것이 없어 답답한 마음에 무엇이든지 생각나는 대로 말해 보라고 다그치듯 말을 하자 "곰보추어탕" "곰보추어탕"이라고 중얼거리듯 반복하여 이야기를 했다. 최 실장이 "곰보추어탕"이라고 했느냐고 묻자 고개를 끄덕였다. 그곳이 어느 동네에 있는지 물어보자 지역이 생각나지 않는지 대답이 없다. 최 실장도 한 번도 들어보지 못한 이름이었다. 그러나 환자의 기억은 그것이 한계였고 더 이상 병세도 호전될 기미를 보이지 않았다. 그러나 다행스러운 것은 서툴지만 알려 주면 스스로 할 수 있다는 거였다. 땡땡이 환자가 처음 이송되어 왔을 때를 생각하면 감사하고 또 감사했다.

최 실장이 '진드기'라는 별명과 '곰보추어탕'이라는 두 단어를 곰곰이 생각을 해 보지만, 그것만으로 연고자를 찾는다는 것은 하늘에서 별을 따는 것과 같았다. 최 실장은 답답한 마음을 하소연이라도 할 겸 친구와 술이라도 한잔하고 싶어 전화를 걸었다. 서로 마음이 통했는지 친구도 전화를 하려던 참인데 잘했다고 했다. 눈치가 빠른 친구가 슬쩍 최 실장의 속을 떠보고 있었다.

"내가 먼저 전화를 해야 만날 수 있던 친구가 먼저 술 한잔하자고 하니 무슨 속셈이라도 있는 것 아닌지 모르겠군?"

"속셈은 무슨 속셈."

"아무렴 어때."

"그럼 퇴근 시간 맞추어 병원으로 올 거야?"

"응 시간 많은 놈이 가야지."

그 친구는 소문난 동네 해결사였다. 대가만 주어지면 무슨 일이든 가리지 않고 달라붙었다. 혹시 그 친구라면 곰보추어탕집을 알 수가 있을지도 모른다고 반신반의하면서 한번 상의해 볼 속셈으로 소주 한잔 핑계로 부른 것이다. 그 친구는 딱히 정해 놓고 하는 일은 없었다. 동네에서 무엇이든 부탁하면 사례비를 받고 처리해 주는 일이 그의 밥줄이었다. 친구가 퇴근 시간 전인데 병원으로 왔다. 냄새를 맡은 것 같았다. 그리 많지는 않았지만 그 친구에게 부탁하여 환자 문제를 몇 번 해결한 적이 있었기 때문이었다. 최 실장은 자기 방으로 들어서는 친구를 자리에 앉기를 권했다.

"친구야 오랜만이지?"

"응 나도 조금 바쁜 일이 있어서 연락도 못 했어. 그런데 오래 살고 봐야 한다니까. 술 한잔하자고 전화를 다 하고 말이야."

"상의할 일도 있고 오랜만에 술 한잔 생각도 나서 불렀어."

"그럼 그렇지. 내가 벌써 통밥을 잡고 왔지."

"이야기는 술이나 한잔하면서 하고. 일어나."

"무슨 이야기인지 먼저 말을 해 봐."

친구는 우물에서 숭늉을 찾는 몹시도 급한 성격의 소유자였다. 최 실장이 별 이야기는 아니니 술이나 한잔하면서 이야기하자고 해도 먹잇감이 있다는 낌새를 알아챈 친구는 술은 술이고 먼저 이야기해 보라고 재촉을 했다.

"그래 술을 먹는데 일 이야기 하면 술맛이 달아날지도 모르니 여기서 이야기하지."

"그래 이야기해 봐."

"혹시 곰보추어탕집 알아?"

"왜 곰보추어탕집으로 가게?"

"아니야. 몰라?"

"잘 알지. 가 본 적도 있어, 그 유명한 집을 너는 모르니?"

"응 처음 들어보는 이름이야. 그리고 추어탕을 별로 좋아하지도 않고."

"미친놈, 추어탕이 건강식이라는 것도 몰라?"

"알지, 그런데 나는 별로야."

"곰보추어탕집은 왜 찾는 건데?"

일이 잘 풀리려고 그러는지 그 환자가 운수가 대통인지 그 친구는 곰보추어탕집을 잘 알고 있었다.

"그렇게 유명한 집이야?"

"그래 3대가 물려받아 운영하는 집이야. 언제 한번 가자 내가 한잔 살게."

"그래, 그럼 오늘 당장 가자"

"그러지 뭐."

하며 환자 이야기를 털어놓기 시작했다.

"교통사고로 머리를 다쳐서 뇌수술을 받은 환자인데 기억상실증에다 거동도 불편한 상태로 한 달 전에 우리병원으로 이송되어 온 환자야. 지금은 조금 호전되어 이제는 조금씩 거동도 하며 자신의 별명이 진드기라는 것과 곰보추어탕집을 말하는 거야. 그 외는 아무것도 기억하지 못해 가족이 얼마나 찾고 있을지를 생각하면 남의 일 같지 않아. 꼭 찾았으면 하는 것이 나의 소망이야. 그런데 친구가 곰보추어탕집을 잘 알고 있으니 좋은 징조인 것 같군. 그곳에 가서 진드기를 아는지 물어보면 혹시 가족을 찾을 수도 있지 않을까?"

"그럴 수도 있겠지."

"그렇게 되면 얼마나 좋을까?"

"그래 아무리 친구 사이라도 공짜는 없는 거다."

"알았어. 내가 너를 모르니? 가족을 찾게 되면 가족들이 그냥 말겠니? 수고비는 챙겨주겠지. 친구가 찾아만 준다면 내가 가족에게 설명하여 그 대가는 받아 줄게."

"그럼 일어나 볼까."

"그래."

최 실장은 친구와 함께 택시를 타고 곰보추어탕집으로 향했다. 병원에서 그리 먼 곳에 있지 않았다. 택시 요금이 기본요금에서 조금 더 나왔다. 두 사람은 음식점 안으로 들어가 자리를 잡고 앉았다. 그리고 주위를 살폈다. 오래된 한옥에서 3대째를 이어온 오랜 전통의 맛이 배어나오듯 했다. 최 실장이 친구에게 주문을 부탁하자 친구가 추어튀김 한 접시와 추어탕 두 그릇에 소주 한 병을 시켰다. 소주가 한 병 다 떨어지자 다시 한 병을 더 시켰다. 아주머니가 소주병을 놓고 돌아서려는데 친구가 아주머니를 불렀다.

"아주머니 혹시 이 동네에 사는 사람 중에 진드기라는 별명을 가진 사람을 아세요?"

"아니 모르겠는데요."

"그럼 누구 아는 사람이 없을까요?"

"저는 여기 온 지 얼마 되지 않아 잘 몰라요."

"그럼 오래된 사람은 없어요?"

최 실장이 중간에 나섰다.

"주인아저씨가 알 수 없을까?"라고 참견을 했다. 아주머니가 말을 이었다. 일 년 전에 할머니가 돌아가시고 그 아들이 3대째로 물려받았다고 했다. 최 실장은 틀렸구나 하고 실망을 하고 있었다. 친구가 다시 아주머니에게 물었다.

"직원 중에 오래된 할머니가 한 분이 있었던 것 같은데 그분도 그만두었습니까?"

"아니요, 잠시 기다려 보세요."라고 주방 쪽으로 걸어가 안을 살피다가 우리 쪽을 바라보며 고개를 저었다. 할머니가 안 보인다는 신호 같았다. 우리는 소득도 없이 자리에서 일어나 막 문을 나서려는데 할머니 목소리가 들렸다.

"손님들 진드기는 왜 찾아요?"

친구가 물었다.

"혹시 진드기라는 사람을 아세요?"라고 묻자 할머니가 불쌍한 사람이라며 혀를 찼다. 그리고 요즘 보이지 않는다고 했다. 친구가 진드기에 관해서 아는 대로 알려 달라고 하자, 곰보추어탕집에서 조금 떨어진 철물점을 가리키며 그분이 잘 알고 있을 거라고 했다.

철물점을 찾았을 때 마침 주인아저씨가 있었다. 우리 일행을 보고 손님인 줄 알고 자리에서 일어나 무엇이 필요한지를 물었다. 물건을 사러온 것이 아니고 무엇을 물어보려 왔다고 하자 실망이라도 한 듯 되돌아가 자리에 앉았다. 우리는 가까이 다가가 곰보추어탕집 할머니가 알려주어 찾아왔다고 하자 무슨 일인지 물었다.

"이곳에 가면 별명이 진드기라는 사람을 잘 알 거라고 하여 왔습니다."

"진드기는 왜 찾는 거요?"

철물점 아저씨가 경계하는 듯 퉁명스럽게 물었다. 5년 전부터 허구한 날 술을 마시고 싸움에 휘말려 파출소에서 연락이 오기 때문이었다. 파출소에서도 진드기라고 하면 고개를 흔들었다. 사고를 쳐도 며칠 구류를 살면 그만일 정도로 며칠이 멀다 하고 붙들려 들어오기 때문이었다. 모두가 술 때문이었다. 그런데 근 1년이 넘게 보이지 않는 사람을 찾으니 경계를 할 수밖에 없었다. 최 실장이 눈치를 채고 경계를 풀 수 있도록 믿음을 주기 위해서 끼어들었다.

"아저씨 제 명함입니다."라고 내밀었다. 명함을 받아 자세히 들여다본 후 최 실장을 쳐다보았다. 최 실장이 진드기에 관한 설명을 했다.

"아저씨, 진드기라는 사람이 교통사고로 지금 저희 병원에 입원하고 있습니다."

철물점 아저씨가 놀라며 얼마나 다쳤는지 물었다.

"뇌를 다쳐 수술을 받고 깨어나면서 모든 기억을 잃어버려 자신의 이름도 기억하지 못하는 상태입니다. 그래서 가족을 찾아 주기 위해서 아저씨를 찾아온 겁니다."

철물점 아저씨가 근 1년이 넘도록 보이지 않아 혹시 술 먹고 잘못되지 않았나 하고 걱정을 하였는데 자신의 예감이 틀림없이 맞았다며 한숨을 내쉬고 있었다.

"그런데 진드기라는 별명은 어떻게 아셨습니까?"

"환자가 기억해 낸 말이 진드기라는 자신의 별명이었습니다. 그리고 얼마 후에 기억이 나는 것이 없는지 묻자 곰보추어탕이라는 말을 했습니다. 그래서 곰보추어탕집에 오면 진드기라는 사람을 알 수가 있을 것 같아 찾아온 겁니다."

"아, 그래요. 여기 사람들이 이름보다는 진드기라는 별명을 더 많이 불러 기억에 남았을 겁니다. 그리고 곰보추어탕집에서 신세를 많이 졌지요. 배고플 때 배 채워 주고 술 먹고 싶을 때 술 얻어서 먹을 수 있었으니까요. 그러니 잊을 수가 없었을 겁니다. 이곳을 떠나 살 수 없는 사람인데 보이지 않아 동네에서도 많은 사람이 걱정을 하고 있습니다."

"가족을 찾을 수 있는 단서가 될 수 있다면 얼마나 좋을까요?"

"그렇게 되어야지요."

"그분 이름이 뭡니까?"

"김상철입니다."

"그래요. 김상철 씨 고향은 임실인가요?"

"아닙니다."

"그런데 왜 임실이라고 말을 했을까요?

언젠가 직원이 고향을 물으니 '임실'이라고 했던 생각이 떠올라 물었다.

"상철이가 20대 후반이었을 겁니다. 좋아하던 여자가 있었습니다. 다방에서 일하던 여자인데 서로 마음이 오간 것 같았습니다. 그런데 어느 날 갑자기 말도 없이 여자가 떠나갔어요. 그 여자를 잊지 못하고 한동안 괴로워하며 방황을 했지요. 처음이자 마지막 여자였을 겁니다."

"떠나간 무슨 이유라도 있었습니까?"

46

"상철이가 몹시도 고지식한 성격이었습니다. 효자인지 멍청인지 시골에 계시는 부모님과 동생들 생각뿐이었어요. 그러니 수중에는 언제나 빈털터리 신세나 마찬가지였지요. 자기가 살아갈 궁리는 조금도 하지 않았어요. 그러니 여자가 좋아할 리가 없지 않겠어요."

"그럼 고향은 어디인지 아세요?"

"예."

"어디인가요?"

"무주가 고향이라고 했어요."

"그럼 가족 사항을 알고 계시는 대로 이야기 좀 해 주시겠습니까?"

"가족을 찾는데 도움이 된다면 나도 힘을 합해야지요."

"감사합니다."

"부모님은 시골에서 살다가 두 분 다 돌아가고, 여동생 한 명과 남동생이 한 명 있다고 했어요. 한때는 자주 찾아왔는데 둘 다 결혼을 하고 난 후로는 발길이 뜸해졌어요. 남동생이 1년에 한 번 정도 찾아오더니 시간이 지나면서 더 멀어졌어요. 찾아온다고 해도 만나보지도 않고 먼 곳에서 잘 지내는지 확인만 하고 돌아가는 것 같았어요."

"혹시 연락처라도 남기지 않았습니까?"

"예, 혹시 무슨 일이라도 생기면 연락을 하려고 물어본 적이 있는데 알려 주지 않더군요. 자주 온다면서요."

"아무런 이유도 없이 말입니까?"

"두 동생과 상철은 너무나 다른 환경에서 살고 있기 때문이 아닐까요?"

"그럴까요?"

"그도 그렇지요. 허구한 날 술에 찌들어 사는 형을 누가 반기겠어요. 남편이나 아내 보기에도 부끄러웠겠지요."

"그래도 형제가 아닌가요?"

"그러니 그나마도 찾아오는 것이 아니겠어요."

"상철이 술을 좋아했나요?"

"아닙니다. 지독한 '자린고비'라 술 한 잔 자기 돈으로 마시지 않았어요. 한 푼이라도 모이면 시골 아버지에게 보내곤 했습니다. 그 돈으로 동생들을 뒷바라지하라고요."

"장남으로 동생들을 위해 희생된 셈이군요."

"그렇다고 봐야지요."

"김상철이 동네에서 얼마나 살았습니까?"

"오래되었습니다. 근 30년이 넘었습니다."

"그럼 모두가 한 식구 같겠네요."

"그럼요. 그래서 동네 사람들도 걱정을 하는 것 아니겠어요.

철물점 아저씨가 상철에 관하여 많은 이야기를 들려주었다.

덕유산 줄기를 따라 내려온 해발 600m인 적상산. [붉을 적자에 치마 상자를 씀] 남쪽으로 향한 산허리에 검붉은 색을 띤 바위가 마치 치마를 두른 것 같다고 하여 붙여졌다는 설과, 철쭉꽃으로 붉게 치마처럼 입은듯하여 붙여진 이름 적상산 정상에는, 안국사라는 1000년 사찰이 있고 애기동자 천불상이 모셔져 있다. 임진왜란 때 조선실록을 보관했던 사고가 있고, 적상산성이라고 불리는 산성도 있다. 1000년 사찰을 중건할 때 한 도사가 그곳을 지나면서 어리석다 꾸짖으며 왜 용궁에다가 집을 짓느냐고 했다. 해발 600m가 넘는 산 계곡에 절을 짓는데 용궁에다 집을 짓는다고 하니 모두가 뭐라고 했을까? 미친 사람으로 매도가 되는 수모를 당했다는 설이 구전을 통해 전해오고 있다. 1000년 앞을 내다본 고승의 혜안이었다. 지금은 양수발전소를 만들기 위해 담수 시설을 갖추고 물을 채워서 도사가 예언을 한 대로 용궁이 되어, 1000년 사찰 안국사는 더 높은 곳으로 이사를 해야만 했다. 이제는 관광의 명소가 되어 많은 사람이 찾고 있다.

그런 명산의 계곡을 따라 드문드문 몇 가구씩 떨어져 40가구 정도 살았던 무주군 무주면 괴목리라는 산골 마을에서 김상철은 2남 1녀의 장남으로 태어났다. 가난한 마을이지만 산 좋고 물 좋은 비경을 가진 아름다운 마을이다, 그런 곳에서 태어나 자란 상철은 심성이 참으로 고왔다. 상철은 10리가 되는 읍내 초등학교를 다녔고, 교통편이 없어 언제나 걷지 않으면 뛰어야 했다. 상철은 초등학교 6년 동안 촌에서 촌놈 소리를 들으며 초등학교를 졸업하고, 어려운 가정 형편으로 더 이상 중학교 진학을 포기하고 집안 농사일을 도왔다. 논농사보다는 대다수 비탈진 밭농사였다. 그러나 그리 많지 않은 농지는 어머니와 함께 농사를 지었고 아버지는 언제나 읍내로 나아가서 남의 일을 다녀야 했다. 그래도 식구들의 배를 채우기란 힘이 들었다.

상철이 17세가 되던 가을, 작으나마 추수를 마친 초겨울이었다. 이제는 별로 할 일도 없었다. 겨울에 땔 나뭇가지를 해 오는 것이 전부였다.

상철이 가족이 모여 있는 자리에서 서울에서 살고 있는 동네 형을 찾아가 일자리를 알아보겠다고 했다. 아버지와 어머니가 놀란 듯 아무런 말도 없이 쳐다만 보았다. 동생들이 무슨 이야기인지 궁금한 듯 바라보았다. 동네 형이 고향을 찾았을 때 너도 언젠가는 고향을 떠나야 할 테니 서울에 올라올 생각이 있으면 찾아오라고 주소를 적어 주고 간 적이 있었다. 그 형도 어린 나이에 서울로 올라갔다. 이곳에서는 더 이상 가난을 면치 못한다며 고향을 떠났다. 상철도 똑같은 생각을 하고 있었다. 아버지가 객지에 나아가기에는 아직 어리다며 안 된다고 했다. 어머니도 안 된다고 한마디 거들었다. 상철은 이미 결심이 서 있었다. 결국 아버지와 어머니도 상철의 생각을 꺾지 못하고 너무도 고생스러우면 언제든지 내려오라고 했다. 상철은 그렇게 하겠다고 대답을 했다. 보릿고개에 시달리는 아버지도 극구 말리기에는 입이 하나가 무서웠다. 아버지 눈에는 눈물이 고여 있었다. 가난이 죄라고 생각하며 흘리는 눈물이었다.

상철이 아버지의 마음을 알아차리고 자리에서 일어나 이제 어린아이가 아니라며 두 팔을 위로 올리며 힘을 주었다. 상철의 모습을 본 어머니도 눈물을 흘리고 있었다. 철이 덜 든 동생들은 그냥 쳐다만 보았다. 그러나 얼굴 표정은 굳어 있었다. 며칠이 지나 상철이 서울로 올라가기 위해 집을 나섰다. 아버지가 얼마 되지는 않지만 가지고 가라며 돈을 손에 쥐어 주었다. 상철은 받고 싶지 않았지만 그래도 초행길에 낯선 땅으로 가는데 꼭 필요할 것 같아 아무런 말도 없이 받아 주머니 속 깊이 밀어 넣었다. 막상 떠나려니 상철도 두렵기만 했다. 그러나 동네 형이 있다는 생각을 하며 떠날 수가 있었다. 그리고 가족들에게는 불안한 모습을 보이지 않으려고 애를 썼다. 그리고 무작정 상경을 했다. 그러나 동네 형은 만날 수가 없었다. 이미 다른 곳으로 이사를 한 뒤였다. 그 형도 가진 것 없이 빈손으로 올라와 크게 배운 것도 없는 서울 생활이 그리 쉽지는 않 았을 거라는 짐작은 했지만 만나지 못할 거라는 생각은 꿈에서도 못했 던 일이라 눈앞이 캄캄했다. 상철은 아버지가 준 작은 돈이지만 아끼며 굶다시피 하는 생활은 거지나 다름없었다. 하루 한 끼를 그것도 제일 싼 것을 찾아 먹다 보니 언제나 허기진 배를 면치 못했다. 그리고 잠은 비나 바람을 피할 수 있는 곳을 찾아 해결을 했다. 하늘도 무심치는 않았다. 서울로 올라온 지 일주일이 되던 날이었다. 철물점 앞에서 배고픔을 안 고 추위에 떨고 있는 모습이 안타까운지 철물점 주인아저씨가 상철에게 안으로 들어오라고 했다. 철물점 안에는 연탄난로가 피워져 있었다. 별 로 따뜻하지는 않았다. 그러나 조금 전 철물점 문밖에서보다는 견딜 만 했다. 주인아저씨가 난로 옆으로 가까이 오라고 했다. 다가서자 갑자기 춥다는 생각이 어디론지 사라지고 없었다. 철물점 아저씨의 훈풍 같은 마음이 추위를 멀리 쫓아버린 것이라고 생각을 하고 있었다.

"너 이름이 뭐냐?"

"김상철입니다."

"몇 살이야?"

"17살입니다."

"너 제법 똑똑한 데가 있구나, 너 시골서 왔지?"

"예, 무주에서도 한참 들어가는 첩첩산중에서 왔습니다."

"무주구천동 촌놈이구나."

"예"

"서울 올라온 지 얼마나 되었지?"

"오늘이 일주일이 되는 날입니다."

"그래 내가 일주일 전인가 서울상회 앞에서 너 같은 아이를 보았는데 너였구나."

상철이 처음으로 서울 올라와서 마음을 터놓고 대화를 나누고 있었다. 자신에게 처음으로 관심을 보여 준 고마운 아저씨였다. 그러나 상철은 아저씨에게 잘 보이려고 하지는 않았다. 자신의 처지에서는 붙들고 늘어져야 할 좋은 기회라는 생각도 하지만 왠지 그렇게 하고 싶지는 않았다. 상철에게는 입 세끼를 때울 수 있다면 더 이상 바랄 것이 없지만 철물점 아저씨 마음에 부담을 주고 싶지는 않았다. 오늘 하루만이라도 추위를 면하게 해 주고 외로움을 잊게 해 준 것만으로도 감사하고 있었다. 그리고 철물점 아저씨가 서울로 올라오게 된 동기를 물었다. 상철은 솔직하게 들려주었다. 철물점 아저씨가 상철에게 뜻밖의 관심을 보이고 있었다. 그리고 한 가지 제안을 했다.

"참 안됐구나. 어디 갈 곳도 없는 것 같은데 갈 곳이 생길 때까지 철물점에 방이 하나 있으니 당분간이라도 그곳에서 기거하며 나를 도우면서 앞으로 어떻게 할지 한번 생각을 해 보면 어떻겠니?"

상철은 자신이 바지 자락이라도 붙들고 사정을 할 판인데, 오히려 생각을 해 보라는 이야기에 울컥 목이 메어 하마터면 울어버릴 뻔했다. 억지로 참으며 생각이고 뭐고 할 것도 없이 대답을 했다.

"아저씨 정말로 감사합니다. 최선을 다해서 베풀어 주신 은혜에 어긋

나지 않도록 열심히 시키는 대로 하겠습니다."

"그런데 아직은 너에게 보수를 줄 형편이 되지 않는다. 앞으로 장사가 되는 것을 보고 용돈이라도 챙겨 주마."

"무슨 말씀을요. 잠을 재워 주시고 하루 세 끼 밥만 주어도 너무나 큰 걸요."

"그렇게 생각을 해 준다니 고맙군. 이제 상철이라 불러도 되겠지?"

"그럼요. 아들처럼 불러 주세요."

"내가 너에게 들려주고 싶은 이야기가 있구나."라며 이야기를 했다. 철물점 아저씨도 가슴 아픈 사연이 있었다. 상철과 동년배인 아들이 한 명이 있었다. 그런데 5년 전에 집을 나간 후 행방불명 상태였다. 정신이 온전하지 않은 아들이었다.

그 후. 부인은 아들 때문에 상심하여 병이 들어서 3년 전에 죽었다고 했다. 철물점 아저씨도 삶에 의욕을 잃은 채 지금까지 홀로 철물점을 운영하며 살아가고 있었다. 철물점이라고는 하나 겨우 목에 풀칠하는 구멍가게 수준이었다. 철물점 아저씨가 상철을 보면서 아들이 돌아온 것 같은 생각에 친절을 베풀고 있었다.

그렇게 상철은 철물점 아저씨의 도움으로 서울 생활이 시작되고 있었다. 상철은 이듬해 봄이 되어 철물점 아저씨가 일거리가 들어오면 달고 다니며 일을 가르쳤다.

동네에서도 근면성과 성실성 그리고 인사성이 바른 청년이라고 칭찬을 아끼지 않았다. 상철은 자신이 번 돈에 관하여 한 푼도 헛되이 쓰지 않았다. 지독한 자린고비라는 소리를 들으며 돈을 모았다. 아무리 험한 일이라도 마다하지 않고 돈을 벌지만, 자신의 수중에는 한 푼도 남아 있지가 않았다. 상철은 동생들만은 자신과 같은 삶을 살지 않고 사람 대접받는 사람을 만들어야 한다는 일념으로 입지도 먹지도 않고 모아 동생들의 뒷바라지에 최선을 다하고 있었다.

상철이 서울에 올라온 지도 벌써 30년이라는 세월이 지나갔다. 바로 아래 여동생은 여고를 졸업하고 시집을 가서 두 아이의 어머니가 되었고 막내 남동생은 대학을 마치고 남들이 부러워하는 직장에 다니며 결혼하여 아들 한 명을 두고 단란한 가정을 꾸리고 있었다. 그러나 상철의 생활은 달랐다. 외로움에 잠 못 이루고 가난에 찌든 생활은 장남으로 태어나면서부터 지금까지 고생의 연속일 뿐이다. 부모 맞잡이로 희생의 대가치고는 너무도 잔인했다. 상철은 이제 효도할 부모님도 돌아가시고 돌보아야 할 두 동생들도 이제는 어미 새가 되어 날아가고 없었다. 상철은 두 동생의 삶과는 어울리지 않은 너무도 부끄러운 존재가 되어 너무도 멀리 떨어져 있었다. 상철의 인생은 이제 아무에게도 쓸모가 없는 낙오자일 뿐이었다. 상철은 괴로워하면서도 자신의 희생된 삶을 후회는 하지 않았다. 자신이 바라던 두 동생들의 모습을 상상하면서 형으로써 당연히 해야 할 일이라고 스스로를 위로했다. 그러나 두 동생에게서의 섭섭한 마음은 상철을 술 속으로 빠져들게 했다. 상철의 나이도 이제 50줄이 넘어가고 있다. 이제는 삶이 힘들어 하루 벌어 하루 술값이 전부가 되어 살다 보니, 이제는 일거리도 없어 공치는 날이 많아 염치도 없어지고, 주정뱅이가 되어 이곳저곳을 기웃거리며 공짜 신세를 지는 일이 다반사였다. 그때 얻어진 별명이 진드기였다. 동네에서도 이제는 사람 취급도 받지 못했다. 오직 동정의 대상일 뿐이었다. 그래도 곰보추어탕집에서 허드렛일을 도와주며 허기를 채우고 술 한 잔에 취해 감사하며 사는 것이 인생의 전부였다. 가끔 철물점 아저씨가 가벼운 일거리를 주지만 술 때문에 힘이 겨워 그것마저 쉽지가 않았다. 그리고 두 동생도 주정뱅이가 된 장남을 반기지 않고 왕래를 하지 않은 지도 거의 10년이 넘은 것 같다. 이제 상철은 죽어도 시신을 거둬 줄 사람도 없다.

보험회사 담당자가 상철이 입원한 지 2주일이 지나서 병원을 내방했다. 앞으로의 기억력 회복과 연고자 문제에 관하여 상의를 했다. 상철은 최 실장이 보기에 앞으로 사람 구실하기에는 어려운 상태였다. 평생을 간병인과 함께해야 할 것 같았다. 보험회사 담당자는 언제까지나 기억이 돌아오기를 기다리기엔 한계가 있다며 무연고자 처리의 말을 꺼냈다. 최 실장은 아직 그럴 단계가 아니라고 이야기를 하지만 회사 방침에 따라 어쩔 수 없다며 자신도 골치가 아프다는 하소연을 한다. 그러나 무연고자 처리도 그리 쉬운 일도 아니었다. 담당자가 협조를 요청했지만, 최 실장은 그래도 조금 더 치료를 해 봐야 하지 않겠느냐고 했다. 처음 병원으로 이송하여 왔을 때를 생각하면 희망이 보이는 것 같아서였다. 일단은 몇 개월 치료를 하면서 연고자를 찾기 위한 노력을 해 보자는 선에서 보험회사 직원이 자리에서 일어났다.

최 실장과 친구가 곰보추어탕집을 다녀온 다음 날에 철물점 아저씨가 면회를 왔다. 상철은 철물점 아저씨를 알아보지 못했다.

"상철아, 내가 누군지 아니?"

상철은 알아보지 못하는지 아무런 대답도 하지 않았다. 철물점 아저씨가 기가 막힌다며 허공을 바라보며 한숨을 내쉬었다. 최 실장이 한 가지 궁금한 것이 있다며 철물점 아저씨에게 물었다.

"아저씨. 그리도 착실하게 살아가던 김상철이 왜 갑자기 술을 많이 마시게 되었습니까? 설마 여자 문제는 아니겠지요?"

"여자 문제는 20대 후반 일인데, 괴로워하기는 했지만 생활이 흐트러지지는 않았어요."

"그런데 무슨 이유였을까요? 혹시 아는 것은 없습니까?"

"동생들에게 받은 충격이 있었습니다. 남동생이 결혼을 하면서 아버지와 어머니는 돌아가시고 누님만 한 분 있다며 여자네 집에 형이 있다는 것을 속였나 봐요. 고생에 찌들고 배우지 못한 형의 모습이 부끄럽고, 혹시 실수라도 할까 봐 동생으로서는 불안했던 모양입니다. 누님도 동생의 부탁에 동의하고, 누님만 상견례에 참석한 후 결혼식을 올리고 몇 년 후에 남동생 혼자 찾아와서 결혼을 했다며 미안하다고 했대요. 죽도록 고생하며 뒷바라지 한 동생들에게 부끄러운 형이 된 상철은 동생들의 배신감에 의절을 한다며 가끔씩 찾아와도 만나 주지도 않았어요. 그때부터 술을 많이 먹기 시작했고, 자포자기 삶을 살아가는 것 같았어요. 동생도 그런 형을 이해하기보다 부담스러운지 시간이 지나면서 더 멀리 하더군요."

"그런 사연이 있었군요. 배고프던 시절 가난한 집안에 태어난 장남의 슬픈 한 단면을 보는 것 같아서 마음이 그리 편치가 않군요. 최 실장은 가족 관계를 보아 쉽사리 연고자와 연결이 되지 않을 것 같다는 생각이 들었다. 그러나 혹시 가족이 연락이 온다면 명함에 있는 전화번호로 전화를 해 달라는 부탁을 하고 허탈감에 사로잡혀 병실을 빠져나가는 철물점 아저씨를 병원 문밖까지 따라 나가서 배웅을 했다.

철물점 아저씨가 상철을 만나고 돌아간 다음 날, 최 실장을 찾는 전화 한 통이 걸려 왔다. 숨이 넘어가는 목소리로 병원 위치를 물었다. 누구인지를 물었더니 김상철 동생이라고 했다. 언제부터 그리 형을 걱정했는지는 모르지만 상태를 꼬치꼬치 캐물었다. 최 실장은 자세히 설명하기 어려우니 직접 찾아와서 보라고 했다. 상철이 동생이 알았다며 전화를 끊었다. 다음 날 아침, 상철이 동생이라며 한 여인과 함께 병원을 찾았다. 누구인지를 물었더니 부인이라고 인사를 시켰다. 통성명 한번도 없던 사람이 언제부터 시아주버니를 걱정했는지는 모르지만, 동생보다 더 부산을 떨었다. 최 실장은 가족을 찾았다는 기쁨보다는 왠지 기분이 우울했다. 무엇을 도난당하는 기분이었다. 최 실장은 그들의 눈에는 상철이 돈으로 보일 거라는 생각을 하자 형을 만나게 해 준 것이 왠지 후회스러운 생각이 들었다. 좋은 일을 하고 이렇게 기분이 더럽기는 처음이었다. 최 실장 기분이 예언이라도 한 듯, 동생은 형의 병 상태에는 관심이 없고 다짜고짜 형 퇴원하고 같이 나가자고 했다. 부인과 이미 결정을 하고 왔는지 시아주버니의 짐을 챙기고 있었다. 다른 병원으로 이미 다 연락이 되어 옮겨 간다는 것이다. 그러나 최 실장으로서는 어찌할 수는 없었다.

오직 얄미운 생각뿐이다. 환자는 목을 맨 강아지처럼 아무런 말도 없이 끌려 나갔다. 그런데 조금은 양심이 있는지 가족을 찾을 수 있도록 애를 써 주어 고맙다며 봉투를 하나 내밀었다. 철물점 아저씨가 가족을 찾아 주기 위해서 애를 썼다는 설명을 한 것 같았다. 최 실장은 하마터면 친구와의 약속을 이행하지 못할 뻔했다며 다행이라 생각하고 속을 들여다보니 충분하지는 않지만 서운할 정도는 아니었다. 철물점 아저씨가 고마운 생각이 들었다. 그들이 하는 행동을 보아서는 도저히 친구와 약속한 수고비를 이야기할 수가 없었기 때문이었다. 그리고 상철과 동생 부부가 병원 밖으로 나갔다. 최 실장은 시원섭섭했다. 그래도 그동안 정이 들었던 모양이었다. 친구에게 작으나마 수고비를 전달하기 위해서 전화를 했다. 친구가 정말로 가족들이 찾아왔었느냐며 기적 같은 일이라고 했다. 그리고 친구에게 소주 한잔하자며 곰보추어탕집으로 갔다. 그리고 철물점 아저씨도 불러서 저녁 식사와 소주 한잔 나누며 대화가 오갔다.

"아저씨 상철 씨 동생과 어떻게 연락이 되었습니까?"

"상철이 면회하고 막 집에 들어서는데 전화벨이 울려 받아보니 상철이 동생이었어요. 어떻게 전화를 하였느냐고 물었더니 어젯밤 꿈이 하도 이상해서 혹시나 형에게 무슨 일이 일어나지나 않았나 하여 전화를 하였다고 하더라고요. 그래서 대강 설명을 하고 전화번호를 알려 주었습니다."

"그렇게 된 거군요."

"그런데 왜 벌써 퇴원을 하였나요?"

"병원에 와서는 형의 병세는 궁금하지 않은지 다짜고짜 퇴원을 한다며 데리고 나갔습니다."

철물점 아저씨도 더 이상 할 말을 잃었는지 아무런 말도 하지 않았다. 최 실장이 친구에게 한마디 던졌다.

"친구야, 보람도 없이 정말로 황당하더라. 형의 건강 상태는 아무런 관심도 없고 돈으로만 보이는가 봐. 그래도 거짓말로 걱정이라도 하는 척하면 서로 보기도 좋았을 텐데 말이야. 그리고 김상철 환자는 손해보험사와 합의를 보고 나면 다시 동생 부부로부터 버림을 받을 거야. 상철이만 불쌍하지. 그래도 동생을 위해서 끝까지 봉사를 하고 가는구만. 정말로 장남 구실은 톡톡히 하고 간다. 친구야, 안 그래?"

"그래. 복도 많은 동생인가 보지 뭐. 이제 우리 술이나 마시자. 내가 수고비를 받았으니 쏠게. 오늘 술값은 충분할 것 같다야."

"그럴까?"

"친구야 너무 속상해 하지 마라. 그 덕분에 이렇게 좋은 곰보추어탕집을 알 수가 있었다는 것에 감사하라고. 정말 추어탕 맛이 좋지?"

"이렇게 맛이 있는 것을 왜 내가 몰랐을까?"

"그리고 왜 곰보추어탕집이 되었는지 궁금하지 않아?"

"그래 왜 하필이면 곰보추어탕이라 했는지 궁금하더라."

"다 의미가 있지. 1대 사장이 아주 심한 상태의 곰보였대. 그리고 2대 그의 아들도 곰보였지. 그러나 아버지보다는 덜 심했대. 3대는 곰보가 아닌데 곰보집 사장이 되려면 곰보여야 한다며 성형 수술로 곰보 자국을 만들었대. 5개의 자국을."

"왜 하필이면 5개야?"

"그것도 이유가 있지."

"이유가 뭔데."

"그건 다음에 추어탕 한번 산다는 약속을 하면 이야기하지."

"알았어, 너는 언제나 손해는 안 보는 친구니까."

"그럼 잘 들어. 1대가 20년을 운영했고, 2대가 30년을 운영하여 역사가 50년이 된 추어탕집이야. 그래서 50개는 무리이고 해서 10년에 하나로 5개의 문신을 만든 거래. 재미있지? 요즘 성형 기술이 발달하여 아주 미세하게 자세히 들여다보아야 알 수 있을 정도의 자국이래. 그리고 구멍 하나하나마다 사랑과 만복이 가득히 들어 있다는 거야. 약점을 감추는 기막힌 발상이지"

"그래 정말로 기발한 발상이구나."라며 세 사람은 한바탕 웃어 보지만 상철이 동생이 보여 준 실망감을 최 실장이 친구와 술에다 화풀이한 과음이, 아침에 일어난 최 실장의 머리를 마구 때리는 고통에 시달리며 한번 더 후회를 해야만 했다. 인간이 걸어가는 길목에는 무수한 후회가 인간들을 울리고 웃기는 연속인지도 모른다는 생각을 하고 있었다. 그리고 최 실장은 내일 김상철 같은 환자가 다시 온다면 또다시 후회를 할지라도 같은 길을 갈 것이라며 하늘을 바라보고 맹세를 한다. 그래도 값진 하루였다는 생각이 마음을 달래고 있었다.

정신병동24시

둥지로 날아간 새

「둥지로 날아간 새」 2010년 순수문학 5월호 [신인상]으로 등단 피정避靜의 집 환자들이 서울 본원에 도착했다. 강 실장이 현관문 안으로 들어서는 환자들을 반가이 맞이하다가, 뒤에 처져서 들어서는 서지은 환자의 모습을 보는 순간 안색이 어두워졌다. 입을 굳게 다문 서지은 환자가 강 실장을 피하려는 듯, 작은 미소를 남기고 3층 음악 요법실로 도망치듯 올라갔다. 그런 그녀의 미소가 얼음장보다 더 차갑게 느껴졌다. 불길함의 전율이 강 실장의 온몸을 휘감고 지나갔다. 귀에다 징을 대고 두드리는 것 같은 소리가 강 실장을 혼란 속으로 끌고 들어가고 있었다. 사무실로 돌아와 자리에 앉기도 전에 피정의 집 책임자인 서 실장이 곧바로 뒤따라 들어왔다. 두 사람이 만나 사담을 나눌 수 있는 유일한 시간이다. 하지만 오늘은 강 실장의 불편한 마음이 둘 사이를 갈라놓은 듯 편치 않아 한동안 침묵이 흘렀다. 강 실장이 먼저 입을 열었다.

　"서지은 씨가 앓고 난 사람처럼 몹시 야위어 보이는군요?"

　"요즘 상태가 조금 나빠졌습니다."

　"그냥 나빠진 정도로 보기에는 상태가 너무 심각한 것 같아 보이는군요."

　"서지은 씨가 요즘 식사를 못 하고 있습니다. 이유를 물어봐도 배가 고프지 않다는 말뿐입니다."

"그래요. 무슨 이유일까요? 음식이 입에 맞지 않아서일까요? 내가 알기로는 음식 타박을 하는 분이 아닌 걸로 알고 있는데요."

"저도 그렇게 알고 있습니다."

그래도 문제가 생기면 해결해야 할 책임자로 있는 강 실장은 쉽게 넘길 수가 없었다.

"그래요?"

서 실장도 근무 경력이 20년이 넘어가는 관점에서 강 실장의 추궁하는 말투에 자존심이 상한 듯 얼굴이 붉게 달아올랐다. 강 실장도 더 이상 채근하지 않았다. 더 이상의 대화가 별 득이 없을 것이라는 판단에 서였다.

서 실장이 음악 요법실에 가야 한다며 자리에서 일어났다. 강 실장도 서지은 환자 상태를 알아볼 생각으로 일어나 뒤를 따랐다. 음악 요법실은 한창 물이 올라 남녀 환자들과 직원들이 손에 손을 잡고 원을 그리면서 흥겨운 노래를 부르며 돌아가고 있었다. 음악 요법 지도사가 흥을 돋우기 위해 중간중간 처지는 환자의 이름을 부르며 독려하고 있다. 서지은 환자의 이름도 몇 번이나 불렀지만 별 반응을 보이지 않고 소극적으로 움직이고 있었다. 그러나 음악 요법 지도사가 강요하지는 않았다. 잠시 후 볼륨을 한껏 올린 전축에서 '길가에 앉아서'라는 디스코풍의 노래가 흘러나오자 분위기가 요란스러워지기 시작했다. 흥이 오른 환자들이 격렬하게 몸을 흔들어 대자 이마에 땀이 송골송골 맺혔다. 그러나 서지은 환자는 한쪽으로 밀려나 그냥 서 있을 뿐이었다. 강 실장은 서지은 환자 곁으로 다가가 따라오라는 시늉으로 옷깃을 살짝 잡아당겼다. 사무실로 내려온 강 실장은 뒤따라 들어온 서지은 환자를 한동안 바라보기만 했다. 서지은 환자도 고개를 숙인 채 똑바로 바라보지를 못했다. 강 실장이 조심스럽게 입을 열었다.

"서지은 씨 고개를 들어봐요."

서지은 환자가 자신의 모습을 보이고 싶지 않다는 듯 고개를 들지 않았다.

"서지은 씨. 고개 좀 들어 보세요."

강 실장의 그 말에 서지은 환자가 마지못해 고개를 들었다. 입가에는 미소를 띠고 있지만 눈망울 속에는 슬픔이 서려 있었다. 입술과 눈망울이 서로 분리되어 있었다. 입가에 드리워진 미소는 현실 적응을 위해서 초자아 지배를 받고 눈망울 속의 슬픔은 내적 갈등이 지배하는 본능적 충동의 지배를 받고 있는 것으로 보였다.

"서 지은 씨, 요즘 잘 지내고 있습니까?"

서지은 환자는 여전히 아무런 대답도 없이 슬픈 눈으로 입가에 미소만 지어 보였다.

"요즘 식사를 하지 않으려 한다면서요."

서지은 환자가 대답 대신 다시 고개를 숙였다. 아무런 말도 하기 싫다는 거부의 몸짓이었다. 또 몇 가지 질문을 해 보지만 침묵으로 일관했다. 그러나 강 실장은 대답을 강요하지는 않았다. 잠시 후 음악 요법이 끝나고 피정의 집 식구들이 내려오고 있었다. 강 실장은 서지은 환자를 그들과 함께 합류시켜 피정의 집으로 돌려보냈다.

피정의 집은 높다란 녹색 철제 대문 좌우로 개나리 병정들이 노란 옷을 입고 길게 늘어서 보초를 서고 있었다. 철 대문 입구에 서 있는 목련이 하얀 꽃망울을 머금은 채 자태를 뽐내고 있고 잔디밭 가장자리에 서 있는 진달래꽃은 바람에 살랑대고 있었다. 새벽으론 창문 사이로 스며드는 상큼한 공기를 가득 담은 하얀 실안개가 코끝을 자극하며 가슴속으로 파고든다. 무성히 자란 뒷산 나무숲 속 새들의 합창 소리는 피정의 집식구들의 졸린 잠을 깨우고 있다.

1,500평 임야에 지상 30평 반지하 10평의 작은 건축물이 자리한 철 대문 옆 기둥에 ○○○의원이라는 문패가 붙어 있다. 의료법상 피정의 집이라는 간판이 허용되지 않아 ○○○의원으로 개설되었고, 피정의 집이라는 이름은 가톨릭 신자인 본원 원장이 붙인 이름으로 가로 50cm이고 세로 230cm의 크기로 본 건물 현관문 앞에 붙어 있다. 정신 질환이라는 이름으로 사회와 격리된 생활 속에서 잃어버린 것과 새롭게 다가오는 것들에 관한 불안은 줄이기 위해 외출과 외박을 통해서 가족과의 접촉을 늘리고 사회 시설을 이용한 실체적 경험을 통해 적응 능력을 길러 사회에 복귀시키기 위한 중요한 단계의 생활 터전이다. 원장이 꼭 이루고 싶어 하는 야심적인 꿈이지만 아직은 초라한 규모로 남자 환자 4명과 여자 환자 3명이 있다. 그리고 직원 3명이 거주하고 있다.

남자 환자 1명은 컴퓨터 학원을, 여자 환자 1명도 미용 학원을 다니고 있다. 두 사람은 학원을 다니는 도중 발병하여 입원한 환자다. 나머지 다섯 명 중 한 명은 50대 초반의 남자이고 1명은 고2 때 발병하여 20대 후반의 노총각이다. 여자 2명은 가정주부로 40대와 60대 환자로 여러 번의 입원 경력자다. 나머지 한 명은 미대 2학년을 다니다 자퇴를 하고 다시 입시 공부를 하는 서지은 환자다. 서지은 환자도 몇 번의 입원 경력이 있다.

서지은 환자가 5년 전 처음 병원을 찾아왔을 때다. 현관문 앞에서 가족들과 횡설수설하며 실랑이를 벌이다 직원들에게서 강제로 병원 안으로 끌려들어 왔다. 겁에 잔뜩 질린 눈으로 아무런 저항도 못한 채 병실로 끌려가던 겁이 많은 여자다. 밤사이 움터 나온 새싹같이 가녀린 모습을 한 여인으로, 입원 기간 동안 직원이나 환자들과도 얼굴 한번 붉혀 본 일이 없고 항상 입을 열기보다는 다문 채 미소로 답하며 돌아서는 여인이다. 언제나 한 손에 책을 들고 있었고 사색을 즐기는 모습으로 혼자 있기를 좋아했다. 그러나 탐독하지는 않는 것 같았다. 때론 깊은 생각에 빠져 옆에 누가 와도 모를 때도 많았다. 언제나 빼앗기보다는 빼앗기는, 다투는 것이 힘에 겨운 듯 미련 없이 미소와 함께 손을 놓아 버리는, 바보인지 천사인지 어느 것이 진실이고 거짓인지 속을 알 수 없는, 1%가 부족해 보이는 모습의 여인으로 강 실장 머릿속에 각인되어 있는 환자다.

페인트로 칠한 병실 벽면, 다다미가 깔려 있는 병실, 한쪽 구석으로 쌓여 있는 침구와 작은 사물함, 1층에서 5층까지 환자들의 안전을 위해 만들어진 창살은 교도소를 연상시키는 살벌한 느낌을 갖게 하기에 충분했다. 언제나 잠겨 있는 철제 출입문은 직원들에게서 통제되어, 열리고 닫히는 소리는 입원한 환자들에게 희망을 갖게 하기보다는 절망감을 느끼게 한다. 폐쇄된 공간을 스치는 환자들 간에서 풍기는 냄새가 실내 곳곳에 스며들어 악취가 되어 비위를 몹시 상하게 한다. 본원의 작은 공간에서 벗어난다는 것은 자유를 얻는다는 기쁨이 더 큰 것 같았다.

피정의 집은 언제나 현관문과 대문이 활짝 열려 있다. 그러나 그곳만의 규칙은 있다. 언제나 자신의 의사대로 행동을 할 수는 있지만 지정된 장소와 대문 밖을 나갈 때는 반드시 행선지를 알려야 한다. 그러나 모두 규칙에 잘 따랐다.

서지은 환자가 피정의 집으로 이송된 지 2개월이 지나가고 있다. 피정의 집 생활에 만족감을 느끼고 있었다. 강 실장도 잘한 선택으로 만족감을 느끼고 있다. 서지은 환자가 회복기가 되어 이송한 것이 아니고, 본원에서 상태가 호전되지 않아 분위기를 바꾸어 주기 위한 모험적 결정이었다. 서지은 어머니도 딸이 피정의 집으로 온 후, 많이 표정이 밝아졌다며 기뻐하고 있었다. 그러나 2개월이 지난 지금의 상황은 나쁜 방향으로 변해 가고 있어 강 실장은 근심 걱정으로 서지은 환자를 기다리고 있다.

일주일 후 피정의 집 식구들이 본원 환자들과 함께 음악 요법을 하기 위해 본원 현관문을 들어섰다. 서지은 환자의 모습이 지난주보다 더욱 수척해 보였다. 강 실장이 함께 온 간호조무사를 자신의 방으로 불렀다.

"미스 권. 서지은 환자 상태가 악화된 것 알고 있겠지요."

미스 권도 걱정이 되는지 심각한 표정을 지으며 대답을 한다.

"예 저희도 걱정을 많이 하고 있습니다."

"내 생각으로는 정신병 때문에 문제도 있지만, 더 큰 다른 문제가 있는 것 같은데 잘 생각해 보세요. 생과 사를 가름 짓는 주요한 일이라고 솔직히 대답해 주세요.

"예"

"일주일 전보다 더 심해진 것은 알고 있지요?"

미스 권도 걱정이 되는 듯 심각한 표정을 지으며 대답했다.

"알고 있습니다."

"몇 주 동안 서지은 환자의 행동에 의심이 가는 일이 있는지 잘 생각해 보세요."

"식사를 거부하는 것 외에는 별문제는 없었습니다."

"그럼 식사는 언제부터 거부를 하였나요?"

"2주 전부터 조금씩 식사량이 줄면서 지난주부터는 아주 거부가 심해졌습니다."

"왜 식사를 거부하는지 알아보지 않았나요?"

"아무리 물어봐도 입맛이 없다고만 했어요."

강 실장이 서 실장도 알지 못한 이유를 묻는다는 것이 어리석은 짓이라는 생각 때문에 어머니 쪽으로 화제를 돌렸다.

"서지은 어머니가 전주에는 면회를 오지 않았지요?"

"예. 한 번도 거르지 않았는데 어머니가 전주에는 오지 않았습니다."

"서지은 환자가 몹시 기다렸겠군요."

"아니요."

"그럼 이번 주에 어머니가 면회하고 뭐라고 하던가요?"

미스 권이 잠시 머뭇거렸다. 강 실장은 대답을 강요하지 않았다. 미스 권도 몹시 긴장되어 있음을 알고 있기 때문이었다.

"상태가 아주 나쁜 것 같다며 걱정을 많이 하고 가셨습니다."

"서 실장은 가족에게 뭐라고 설명을 하던가요?"

"잠시 상태가 나빠진 것이라며 곧 다시 좋아질 거라고 했어요. 그리고 우리에게도 조금만 더 두고 보자고 했습니다."

"면회 때 무슨 이야기가 오갔는지 못 들었습니까?"

"예. 면회 때마다 잔디밭 비치파라솔 의자에 둘이 앉아 이야기하여 듣지 못했습니다."

"상태가 나빠지는데 직원들은 걱정도 되지 않습니까? 왜 식사를 거부하는지 알아야 할 것 아닙니까?"

강 실장이 답답하다는 듯 투덜거렸다. 그리고 말했다. "우리 환자만 생각하고 이야기합시다."라고 하자 미스 권이 말을 이었다.

"실장님. 서 지은이 몇 주 전에 어머니와 면회를 한 후 수심에 가득 찬 얼굴로 안절부절못하더군요. 밤에 잠도 설치는 듯했고요. 무슨 일이 있느냐고 물었더니 아무런 일도 없다고 하였습니다. 지금 생각하니 그때부터 식사가 부실해졌고 그래도 권하면 조금은 먹었는데 2주 전부터 조금씩 줄었고 일주 전부터 배가 고프지 않다며 전면 거부를 했습니다. 살살 달래어 몇 수저 먹으면 자리에서 일어나 화장실로 뛰어가 따라가 보면 토해내곤 했어요. 왜 그러느냐고 못 하게 하니 몹시도 괴로워했어요."

"그래서 그 후에 어떻게 했나요?"

"체한 것 같아 등을 두드려주고 소화제도 주었지만 먹지 않으려고 했어요. 왜 그러느냐고 야단을 쳤더니 이상한 말을 하더군요."

"무슨 말인데요?"

"낙엽을 먹었다고 했어요. 무슨 낙엽이냐고 물었더니 밤나무 잎과 나무껍질을 먹었다고 횡설수설했어요. 또 다른 것을 먹은 것은 없느냐고 물었더니 잘 모르겠다고 했어요. 옆에서 지켜보던 서 실장이 상태가 나빠져서 망상에서 생긴 정신병적 증상인 헛소리라고 했어요. 그러한 종류의 것은 먹어도 죽지 않는다며 조금 더 두고 보자고 했어요."

"그런데 왜 나에게는 보고하지 않았습니까? 서 실장이 못 하게 하던가요?"

"아니요. 조금만 더 지켜보자고 했어요."

"서 실장도 걱정이 되었겠지요. 답답해서 해 본 이야기이니 신경 쓰지 마세요."

"실장님. 서지은 어머니가 이번 일요일에 만날 수 있는지 알려달라고 했어요."

"그래요? 언제라도 편한 시간에 오도록 연락하고 나에게 알려주세요."

미스 권이 자리에서 일어나 밖으로 나갔다. 강 실장은 서지은 환자 병증상이 나빠지면서 생긴 망상에서 나온 이야기라고만 단정해 버리기에는 너무 악화가 됐다는 생각이었다. 분명히 다른 문제가 있다는 생각이 머리를 떠나지 않았다. 실제로 무엇을 먹을 수도 있다는 확신 같은 것이 강 실장을 불안하게 했다. 그리고 응급 상황이 발생할 수도 있다는 생각이 머릿속을 맴돌았다. 그건 오랜 경험에서 느껴오는 직감이었다. 강 실장의 직감은 한 번도 비껴가지 않았다. 무엇이 문제일까? 하고 생각해 보지만 시원한 해답이 떠오르지 않는다. 환자들이 상태가 나빠져 본 일이 있긴 하지만 오늘처럼 이렇게 혼란에 빠진 적은 없다. 서지은 환자를 피정의 집으로 이송하기 직전 문학을 한다는 40대 초반의 남자 환자와 50대 중반의 여자 환자가 나누던 이야기가 떠올랐다.

"듣지도 않는 듯 움직임도 없고 소리도 내지 않는, 그냥 그 자리에 존재하는, 존재하기에 언제나 그 자리에 앉아 있어 꽃보다 아름다운 여인."

40대 남자가 서지은 환자를 보고 한 수 읊었다. 50대 여인이 말을 받는다.

"아니야"라며 "겉으로는 그렇게 보일지 모르지만, 요란스러운 내면의 소리에 잔뜩 겁에 질려 있어. 누에가 스스로 자신의 무덤을 만들고 들어가 자신을 보호하고 있는 것처럼. 누에는 나방이 되어 다시 태어날 날을 기다리지만, 여인은 나방이 되어 다시 태어나기를 거부하고 있는지도 몰라."

"아니야. 저 아가씨의 마음은 바람 한 점 없는 호수와 같아. 있는 듯 바라보면 보이지 않고 없는 듯 잊으려면 그 자리에 앉아 있는 신비한 여인이야."

40대 남자가 흥분된 어조로 소리를 높이며 떠들어댔다. 그러자 50대 여인이 입가에 의미 있는 미소를 지으며 말했다.

"그것은 너의 마음에 그 여인이 들어가 있기 때문이지. 나는 알아"

여인이 빈정거리며 말을 받았다.

"아니야."

남자가 놀란 듯 부정한다.

"그래 그 말이 사실일지도 모르지, 그러나 분명한 것은 당신의 눈에는

여인의 미소만 보이고 어두운 먹구름은 보이지가 않는 거야. 저 검게 타
버린 가슴속을 들여다봐, 내 눈에는 다 보이는 걸."

"가슴속이 보인다고?"

"그래 보이지. 내 가슴과 같으니까. 나는 눈으로 보지 않고 마음으로
볼 수가 있어."

환자들은 한정된 공간에 격리되어 생활을 하고 있지만, 그들은 그들
나름대로의 삶을 살아가는 방법을 알고 있었다. 불행해 보이지도 않았
다. 그러나 한발 앞서거나 뒤처지는 삶을 사는 사람들의 아픈 모습인지
도 모른다고 강 실장은 생각하고 있었다. 그들은 언제나 혼자가 되어 살
아가는 것에 익숙해져 있었다. 언제부터인지는 알 수 없으나 사랑이 메
마른 가슴을 안고 밤을 새워 자신만의 아름다운 세계를 찾아다니는 사
람들인지도 모른다. 그들의 마음속에는 오직 선만이 있을 뿐 악은 존재
하지 않는다. 오늘따라 강 실장의 기억 속에 지나간 두 사람의 이야기가
다시 살아나와 의미를 부여했다.

일요일 오후 2시가 조금 넘어서 서지은 환자 어머니가 병원으로 강 실
장을 만나러 왔다. 오전 미사를 보고 온 것 같았다. 강 실장은 무슨 이야
기가 나올지 온 신경이 서지은 어머니의 입에 쏠렸다.

"실장님, 지은이가 통 먹지를 못하는 것 같더군요. 그리고 칫솔 대가리
를 삼켰다고 하는 이상한 말을 하는데 정말일까요?"

상상도 못했던 이야기에 강 실장은 뒤통수를 한 대 얻어맞고 기절하
고 깨어난 사람처럼 머릿속이 텅 비어 잠시 동안 무슨 말을 들었는지 생

각이 분명하지 않았다.

"뭐라고 하셨습니까?"

"칫솔 대가리를 먹었대요."

"나무껍질이나 낙엽이 아니고 칫솔 대가리요?"

믿기 어려워 역으로 물었다. 서지은 어머니도 사실이 아닐 거라고 믿는지 대수롭지 않게 말했다. 그러나 얼굴 표정이 그리 밝아 보이지 않았다. 강 실장은 정신을 차려야 한다고 자문자답하면서 사실이 아니기를 바란다.

"실장님, 그것이 사실일까요?"

"글쎄요. 무어라고 꼭 집어 이야기할 수는 없지만 망상일 수도 있고 사실일 수도 있습니다."

보통 환자들의 경우를 보면 망상에서 만들어진 이야기로 당당히 묵살해 버리지만, 현재 서지은 환자의 상태를 보면서 묵살해 버리기엔 강 실장으로서는 도저히 용납이 되지 않았다. 올 것이 오고 만 것처럼 강 실장도 닥쳐올 문제에 긴장감이 감돌고 있었다.

"양치질을 하다가 넘어갔다고 하는데 목으로 넘어갈 수가 있을까요?"

서지은 환자가 정말로 먹었다면 자신의 의지가 아닌 정신병적 망상에 따른 자학적인 행동으로 충분히 있을 수 있는 일이었다. 그러나 강 실장은 서지은 환자의 어머니에게 다른 이유는 말하지 않았다. 심한 충격에 설명할 여유도 없지만, 의식적으로 서지은 어머니의 말대로 양치질을 하다가 실수로 넘어간 것으로 말의 초점을 맞추고 있었다.

"처음 있는 일이라 저도 지금 무어라 이야기를 드릴 수가 없군요."

강 실장도 자신 있는 대답을 못한다.

"얼마나 힘을 주고 닦았으면 칫솔이 다 부러질까요?"

"결벽증에서 오는 강박 증상이 만족감의 결여로 더욱 힘을 가하여 장시간의 반복된 행동으로 문제가 발생할 수도 있습니다. 양치질만이 아닙니다. 자신과 관련된 모든 일상에 반복적인 행동을 하게 되지요. 확신에 찬 만족을 얻지 못하기 때문이기도 하지만 자신을 지키는 하나의 종교적인 행동이기도 합니다. 그렇게 하지 않으면 큰 화를 입는다는 불안감 때문입니다. 정신 분열증 환자에게서 보이는 대표적인 증상이기도 합니다."

강 실장이 변명을 하듯 장황이 늘어놓았다. 사실일 수도 있다는 이야기에 서지은 어머니가 얼굴색이 창백해지며 깊은 호흡을 내쉬었다.

"내일 병원에 가서 진찰을 받아 보는 것이 어떨까요?"

"그럼요. 당연히 확인을 해야지요. 그리고 의료보험이 6개월이 지나 적용이 되지 않습니다. 그래서 실제로 칫솔 머리가 목으로 넘어갔다면 입원해야 하기 때문에 경제적으로 부담이 될 것 같은데 저희가 한 달분 청구를 하지 않을 테니 의료 보험으로 처리하세요."

"예. 알겠습니다."

서지은 어머니가 평소 같으면 고맙다는 말을 할 텐데 오늘따라 그냥 알겠다고 대답을 했다. 강 실장은 그 대답에서 오는 불안감이 가슴 한구석에 깊이 스며들었다. 그래도 대다수 환자 보호자는 만약에 문제가 생기면 책임지라고 엄포부터 놓는데 서지은 어머니는 달랐다. 평소에 강 실장과의 관계 때문인지도 몰랐다. 그래도 입원 기간 중 강 실장에게 믿고 의존했던 보호자로 강 실장도 남달리 애착을 가졌던 환자다. 그러나 만약에 서지은 말대로 엑스레이 촬영을 하여 사실로 판명이 난다면 사정이 달라질 수 있다는 생각은 버릴 수가 없다. 그리고 서지은 언니가 찾아와 상담하고 간 이야기를 하려고 하였으나 도저히 분위기가 되지 않았다. 다음 기회로 미루기로 했다. 그리고 서지은이 어머니로부터 언니의 이야기를 듣고 고민했는지도 모른다는 생각을 한다. 언니의 사건 때문에 면회를 오지 못한 것 같아서다.

3주 전에 서지은 언니가 병원을 방문하여 강 실장과 면담을 원했다. 어머니와 함께 동생 면회 왔을 때 몇 번 본 적이 있었다. 이목구비와 조용하고 수줍어하는 성격까지 닮은 서지은 환자와 판박이였다. 다른 점이 있다면 서지은 보다 키가 더 커 보였고 얼굴색이 조금 검어 보였다. 서지은은 아담하고 언니는 늘씬해 보였다. 언니는 앉자마자 두 손으로 얼굴을 가리고 울음을 터뜨렸다. 강 실장은 동생 문제가 아니고 자신의 문제인 것같아 울음이 그치기를 기다렸다. 잠시 후 울음을 그치고 고개를 든 언니가 괴로운 듯 얼굴을 찌푸리며 하기 힘든 이야기를 선언이라도 하듯 털어놓았다.
"실장님. 저도 유전적으로 지은이같이 정신병에 걸린 것 같아요."
강 실장은 무슨 영문인지 알 수가 없어 잠시 대답도 없이 멍하니 쳐다만 보았다.
"왜. 자신이 정신병에 걸렸다고 생각하십니까?"
"그냥 제 느낌이 그렇습니다."

"서지은, 당신 동생이 입원 당시에 알아본 결과 친가나 외가 쪽에서 정신 질환자로 치료받은 사람이 없다고 하였는데요. 그런 말이 어디 있습니까? 지금 무엇이 문제인지 말해보세요."

"마음이 불안하고 머리가 아파요. 가슴이 답답하여 터질 것 같고 매사에 긴장되고 초조해서 아무 일도 못하겠어요. 불면증에 걸린 것 같고 식욕도 떨어져 먹지 못해요. 지은이도 처음에 나와 같은 증상을 보였거든요."

"언제부터인가요? 그리고 분명히 자신을 괴롭히는 일이 있을 겁니다. 잘 생각해 보세요."

서지은 언니는 자신의 이야기를 시작했다.

"대학 다닐 때부터 사귄 남자 친구가 있습니다. 어머니도 알고 있는 남자예요. 지은이가 입원하고 몇 개월이 지난 어느 날 친구가 결혼 이야기를 꺼내 어머니에게 허락을 받으려고 하였더니 반대를 했어요. 이미 인정을 받은 줄 알았는데 뜻밖이었어요."

"그래서 어떻게 되었나요."

"이유를 물어보아도 무조건 안 된다며 만나지 말라는 거예요. 지은이 문제로 마음의 여유가 없어서 그런가 하고 더 이상 거론하지 않았습니다."

"그 후에는 만나지 않았나요?"

"아니요. 더 이상 결혼 이야기가 없어지자 어머니도 말이 없더군요. 그런데 10여 일 전에 제가 외박을 하였습니다."

"어머니가 아직도 두 분이 만나고 있다는 것을 아셨습니까?"

"예. 사실대로 이야기를 하였습니다. 언제까지 숨길 수는 없으니까요?"

"그래요."

하고 다음 이야기를 기다리자. 이내 말을 이어갔다.

"혼전 순결을 지키지 못한 것이 잘못된 일이라는 것을 저도 인정해요. 그러나 사랑하기 때문에 어머니의 벽을 넘어서려면 어쩔 수가 없는 선택이었습니다. 절대 후회하지는 않아요."

"어머니는 큰 충격이었겠지요?"

"예. 저도 그건 알아요. 그런데 남자 친구를 찾아가 뺨을 때리고 욕을 퍼부었어요. 그리고 다시는 만나지 않겠다는 각서를 받았어요. 그러더니 제가 운영하던 화실이 문제라며 난장판을 만든 후 문을 잠그고 복덕방에 내놓아 버렸습니다."

"그래요?"

"무슨 이유로 반대를 하는지 설명도 없는 어머니를 이해할 수가 없습니다. 그런 일이 있은 후로 그런 증상이 나타났어요."

"그렇군요. 당연히 나타나야 할 증상입니다. 오히려 나타나지 않는다면 이상한 일이지요. 생선가게 가면 비린 생선 냄새가 나고 매를 맞으면 아프듯, 당신은 지금 정상적인 고통을 받고 있는 일시적인 현상에 불과합니다. 앞으로 환자가 되느냐 아니냐는 본인의 생각과 행동에 달려 있습니다."

"그럼 어떻게 해야 하나요?"

"일단 자신에게 부딪혀 오는 시련과 고통을 받아들이면서 잠시 스쳐 지나가는 바람이라고 생각하세요. 그리고 현재 자신의 생활에 충실하다

보면 시간이 해결해 줄 겁니다. 더 중요한 것은 자신 스스로 환자로 만들지 말아야 합니다."

"저는 지금 정신병에 걸린 것이 아닌가요?"

"예. 자신이 환자라는 생각은 버리세요. 걱정하지 않아도 됩니다."

"약은 복용하지 않아도 될까요?"

"아니요. 병에 걸린 환자만 약을 복용하는 것은 아닙니다. 일시적인 증상이라도 고통을 참기 어려운 것이지요. 당분간 약물의 도움을 받는 것도 나쁘지 않겠지요."

강 실장은 가능한 환자로 몰고 가지 않으려고 신경을 썼다. 서지은 언니도 안심이 되는 듯 고맙다는 인사를 하고 나간 후 한 번도 병원에 오지 않았다.

강 실장이 서지은 환자와 언니 그리고 어머니와의 관계에 관한 문제점을 찾아보기 위해서 틈틈이 들어 왔던 이야기를 하나하나 짜깁기하듯 맞추어 본다.

서지은 어머니는 신부인 오빠와 수녀인 사촌 언니가 있는 가톨릭 집안의 독실한 신자로 수녀가 되겠다는 꿈을 안고 살았다. 그런 그녀에게 6·25라는 동족상잔의 비극은 꿈을 키워가기에 현실은 순탄치 않았다. 전쟁의 혼란 속에서 꿈을 접고 결혼을 하였지만, 가정생활이 순탄치만은 않았다. 남편은 그리 성실하지는 않았다. 노름에 빠져 경제적, 정신적으로 어려웠던 일은 꿈을 포기했던 일보다도 더 참기 어려운 수모가 되어 자신을 괴롭혔다. 어머니는 결혼생활이 힘이 들수록 이루지 못한 수녀의 꿈을 포기한 것이 더욱 생생히 자신을 괴롭혀 왔다. 서지은 어머니가 삶을 지탱할 수 있는 유일한 희망은 자신이 이루지 못한 꿈을 두 딸을 통해 이루려는 희망이었다. 그것은 자신의 꿈이지만 남편에 관한 징벌이기도 했다. 그러나 자신의 마음대로 되지 않는다는 것도 알지만 언제나 마음속에는 두 딸 중 한 명이 자신의 꿈을 이루어 줄 것이라는 믿음을 안고 살아온 세월은 무척이나 고단하고 외나무다리를 걷는 심정이다.

어머니에게 두 딸은 자신이 살아갈 수 있는 희망이요. 생명 줄이었다. 그런데 서지은이 정신병원에 입원을 하고 큰딸이 순결을 잃어버렸으니 꿈을 포기해야 하는 일이 되고 말았다. 서지은 어머니가 큰딸에 관해서 말을 꺼냈다.

"실장님. 큰 딸년이 일을 저지르고 말았습니다."

"무슨 일인가요?"

"실장님. 이제 더 이상 희망이 없습니다."

"희망이 없다니 무슨 뜻인가요?"

"두 딸 중에 한 명이 수녀가 되길 바라고 있었습니다. 한 명은 정신병원에 또 한 명은 순결을 잃었습니다."

"두 딸 중 한 명이 수녀가 되길 바라고 있었군요."

"예."

"본인들의 의사를 물어본 적이 있었나요?"

"지은이가 초등학교 3학년 때 언니랑 앉혀 놓고 집안 내력을 이야기하면서 물어보았는데 아무도 대답을 하지 않았어요. 그러나 자라면서 신앙심이 강해지면 달라지겠지 했습니다. 이제 포기하지 않으면 안 될 현실이 되고 말았습니다."

강 실장이 신문지상에 큰 화제가 되었던 중국교포 모녀 자살 사건의 기사가 떠올랐다. 서지은 어머니의 꿈이 두 딸을 환자로 몰아가고 있다는 이야기를 하고 싶었지만 너무나도 잔인한 이야기 같아 모녀 자살 사건을 간접적으로 들려주어 어머니로부터 무엇인가를 느끼도록 하기 위해 설명을 하고 있다.

"중국 동포 모녀 일가족 자살 사건 기사를 본 기억이 있나요."라고 넌지시 운을 뗐다. 서지은 어머니는 모르는 것 같았다.

"한 번 들어보시겠어요."

"예."

"상당히 비극적인 사건이었습니다."

강 실장이 이야기를 시작했다. 서지은 어머니도 비극적인 사건이라고 하자 조금은 관심을 갖는 듯 보였다.

"만주에서 독립운동을 하다 전사한 남편의 중국인 친구가 부인과 가족을 책임지고 돌봐주겠다는 남편과 약속이 있었다며 청혼을 하였지요. 그러나 결혼 1년이 지나가기도 전에 부인에 관한 학대와 방탕으로 병사하였고 경제적 어려움 때문에 또 다른 남자를 만났지만 얼마 가지 못해 실패하고 두 딸과 힘겹게 살아온 여인의 기구한 이야기입니다. 어머니는 딸들에게 순결은 생명과도 같다는 교육을 시켰습니다. 자신이 지키지 못한 죄책감 때문이었지요. 그런데 순결을 잃은 두 딸의 이야기를 들은 어머니는 살아갈 명분을 잃고 말았지요. 절망이 앞선 어머니는 두 딸에게 이제 살아갈 가치를 잃었으니 함께 죽자는 제의로 동반 자살한 사건입니다. 세 남자를 거치는 동안에 첫 남편은 헌신과 고통이 따랐고 두 번째 세 번째 남자에게는 모멸감 속에서 살아온 한 많은 여인이 딸들에게 기대했던 순결이라는 꿈이 깨지는 순간 선택한 비극적인 사건입니다. 한 남자에게 지키지 못한 정조에 관한 죄의식은, 속죄하는 마음으로 두 딸에게 병적이다 싶게 순결을 강조하였고. 어머니는 두 딸이 순결을 잃은 고백을 듣는 순간 경계선상에 머문 편집증 환자로 살아온 어머니와 동일시되어 살아온 두 딸도 삶의 의미를 잃어버린 어머니의 제의에 세 모녀가 자살한 사건입니다."

서지은 어머니는 다른 걱정에 매몰된 듯, 강 실장의 이야기에 관심이 없다.

강 실장은 서지은 환자가 그림을 싫어하는 이유를 알 것 같았다. 언니와의 경쟁에서 진다면 수녀라는 어머니가 쳐놓은 덫에서 벗어날 수 없다는 위기감이 늘 자신을 괴롭히고 있었다. 하지만 다른 방법도 없었다. 그러나 수녀가 되는 일은 자신의 꿈과는 너무도 달랐다.

지은이가 초등학교 상급반으로 올라가면서 알 수 없는 불안감이 내적 갈등을 일으키며 언니와의 경쟁 속으로 이끌려 가고 있었다. 반장이 된 언니의 뒤를 따라 반장이 되었고 언니가 받은 우등상도 받았다. 그러나 시간이 흐르면서 언니를 따라가는 것에 한계를 느껴야만 했다. 명문대학 미술학도로서 길을 가고 있는 언니를 보며 패배 의식을 느끼고 있었다. 그리고 언니를 넘어서기에는 한계를 느꼈다. 한계를 넘지 못한다는 것은 어머니의 덫에 걸린다는 불안감이다. 지은이 어머니의 수녀에 관한 집착은 어머니를 경계선상에 머문 편집증 환자로 만들었다. 그리고 어머니가 만들어 놓은 수녀라는 덫에, 서지은이 정신병이라는 사슬에 걸려 고통을 받고 있다. 그리고 또 한 명의 피해자 언니가 아파하고 있다.

　강 실장은 어머니에게 서지은 환자를 위해 필요한 말 한마디 할 수 없다는 현실에 답답하기만 했다. 가족 요법이라는 단어가 있지만, 대다수의 보호자는 자신들의 문제를 인정하려 들지 않고 오직 희생으로 최선을 다하고 있다는 합리화로 자기를 방어라는 것을 모르기 때문이다. 아니 스스로 망각해 버렸기 때문이라는 표현이 더 적합할지도 모른다. 그것은 자존심을 넘어 스스로도 용서할 수 없는 깊숙이 감추어 두었던 기억하고 싶지 않은 자신만의 비밀을 들추어내기 때문이다. 현재로 서지은 환자와 어머니의 차이는 경계선상에 서 있는 자와 경계선상을 넘어가 치료를 받고 있는 차이일 뿐이다. 환자들이 치료 후 재발하는 경우는 대다수 병의 발생 근원이 문제의 가정에 있기 때문이다. 연탄 광에 들어가 검은 연탄 가루를 옷에 묻혀 나와 다시 옷을 같아 입고 연탄 광에 들어가면 또다시 연탄 가루를 묻혀 나오는 것과 같다. 서지은 환자 어머니는 고통 받고 있는 딸의 가련한 모습에 가슴 아파하며 오늘도 피보다 더 진한 모정의 눈물을 흘리며 딸을 위해 최선을 다하고 있다.

　엑스레이 사진 촬영에서 지은이 말한 칫솔 머리가 정말로 목구멍을 넘어 위까지 도착해 있었다. 내시경으로 제거할 수도 있지만 2주 이상 경과하여 내시경으로 제거하기에는 어려운 상태라는 담당 의사의 소견이다. 부러진 날카로운 부분이 살 속으로 침투되어 처녀의 복부를 가르는 대수술을 해야만 했다. 서지은 어머니로부터 전해 들은 강 실장은 서지은 문제를 원장과 상의하고 있었다. 정말로 어이가 없는 사건으로 대책이 서지 않았다. 일단 문병부터 가야 한다는 결론으로 병실을 찾았다. 서지은이 잠들어 있었다. 강 실장은 서지은의 잠든 모습을 보며 자신의 둥지를 찾아 편안한 안식을 취하는 듯 보였다. 강 실장은 서지은 환자 그리고 언니와 어머니가 자신들의 둥지에서 그 무엇을 소망하며 꿈을 이루어 나갈 것이라고 믿고 싶었다. 서지은 어머니가 원장이 문병을 온 것이 믿기지 않은 듯 놀라며 친절히 맞아 주었다. 원장이 먼저 말했다.

"얼마나 놀라셨습니까?"

"바쁘신 데도 이렇게 찾아 주셔서 감사합니다. 수술은 잘 끝냈습니다."

강 실장이 끼어들어 말했다.

"수술이 잘 되었다니 다행입니다. 지금 의료보험으로 처리하고 있지요."

"예. 편의를 봐주셔서 감사합니다."

"뭐 우리가 더 도울 일이 있으면 말해 주세요"

"아닙니다. 제 딸년의 실수로 오히려 심려를 끼쳐서 죄송합니다."

서지은 어머니의 이야기를 듣는 순간 강 실장은 귀를 의심하지 않을 수가 없다. 진심으로 사과하는 모습 때문이었다. 어머니의 꿈이 두 딸을 어려운 처지로 몰고 갔지만 어머니 마음은 오직 자식에 관한 사랑과 희생이 전부라고 강 실장은 믿고 있었다. 그리고 어머니의 꿈속에서 두 딸이 영원히 자리하고 있을 거라고 생각한다. 버릴 수 없는 꿈이기 때문이다. 서지은 어머니는 언제 바람이 휘몰아쳤는지 반문이라도 하는 듯 평온한 모습으로 병실을 지키고 있다.

강 실장이 자신의 경험에서 얻은 이야기를 서 지은 어머니에게 위로하듯 말했다.

"서지은 어머니. 제가 20년 동안 경험한 일인데 환자에게 큰일이 지나가고 나면 병 상태가 호전되는 경우를 많이 보았습니다. 지은이도 분명히 이번 일로 완치가 되는 전기가 되길 기원하겠습니다."

"그래요. 그렇게만 되면 얼마나 좋을까요."

서지은 어머니는 강 실장의 희망적인 이야기에 기대를 하는 듯 감사하다는 말을 여러 번 되풀이했다. 강 실장은 병원을 나서면서 하늘을 쳐다보았다. 구름 한 점 없이 맑고 푸른 하늘에서 내리쬐는 햇살이 따갑게 얼굴을 매질하고 있다. 서지은 어머니가 가슴을 치며 "내 탓이오."라고 외치는 모습이 머리를 스치고 지나갔다.

"병리적 치우와 귀소"

김영목의 「둥지로 날아간 새」를 당선작으로 한다.

소설은 현실이나 역사의 허구적 서사물이다. 그 내용이 비슷해도 하나는 소설이 되고 또 하나는 르포나 기록물이 된다. 경험이나 세상을 바라보는 눈이 다양하고 복잡하여 허구적 서사 곧 형상화되어야 한편의 소설이 된다. 소설의 작가수업은 바로 산재(散在)되어 있는 제재를 허구적(虛構的) 서사물(敍事物)로 형산화하는 과정을 거쳐서 한편의 소설로 탄생한다. 피어린 작가 수업을 거치지 않으면 상상에 의해 재조직되는 미적구조의 형상화된 작품을 쓰기가 쉽지 않다. 그 과정이 창작의 신비한 문학성을 얻게 된다. 김영목씨의 〈둥지로 날아간 새〉가 바로 이런 의미를 여과시켜 허구적 서사물을 보여준다. 두 딸 중 수녀가 되길 기대했던 어머니의 반대에도 외박하여 혼전 순결을 넘어선 큰딸과 언니를 뛰어넘을 욕구가 정신 질환으로 병원살이를 하는 서지은, 그 아픔을 치유하는 강 실장, 정신분석을 하는 듯 두 자매의 심층적 욕구를 분석하면서 자매의 치유를 이끌어 내고 있는 기법이 치밀한 허구적 서사가 돋보여 신인문학상으로 추천한다. 작단에 또 하나의 별이 되기를 기대한다.

[심사위원] 丘仁煥. 신동한

제198회 소설부문 신인당선작 당선소감

김 영 목

    당선 소감을 보내라는 통보를 받고 이제야 내가 글을 써야한다는 사명감 같은 것을 느낍니다. 그리고 미숙한 저의 글을 당선시켜 주신 심사위원님들에게 감사를 드리며 앞으로 더욱 정진해 달라는 뜻으로 받아드리며 열심히 글을 쓸 것을 다짐해 봅니다.

    지난 65년의 세월 속의 반을 신경 정신과 환자들과 함께 한 세월 속에서 보고 느낀 것들에 대한 글을 써보려고 많은 생각 속에서 번민해오던 나에게 길을 열어준 순수문학 관계자들에게도 감사를 표합니다. 그리고 글을 쓸 수 있도록 지도를 아끼지 않은 많은 분들께도 진심으로 감사를 드립니다.

    처음 글을 써보겠다고 문학강좌를 수강하기 위해서 등록한지 15년만의 결실인 것 같습니다. 긴 시간 속에서 수없이 도망을 쳤던 나에게 끝까지 끈을 놓지 않고 격려해준 여류작가에게 진심으로 감사를 드립니다. 그리고 실명을 거론하지 못한 것에 대하여 진심으로 송구 스럽게 생각합니다. 이제 나의 몸이 허락하는 한 아무리 어려운 시련이 닥쳐와도 절대로 중단하지 않을 것입니다. 그리고 앞으로도 많은 관심 속에서 지켜봐 주시기를 소원합니다.

정신병동24시

배신의 계절

「배신의 계절」 2017년 12월호 한국소설

닥터 황은 육군병원에서 육군 소령으로 군의관 복무를 마치고 제대 후, 윤 원장이 운영하는 신경정신과의원 부원장으로 입사를 했다. 입사 1년이 지나 윤 원장이 대학병원 신경정신과 교수로 부임을 하게 되어 닥터 황이 병원을 이어받았다. 상호를 변경하고 원장이라는 직함으로 운영을 책임지게 되었다. 입사 당시는 고용인으로 일을 하였지만, 황 박사 이름으로 다시 개업을 하면서 병원 간판까지 바꾸고, 이제는 운영자로 수입의 반반씩 나누어 가지는 형태로 변했다. 이제 병원 운영상에 일어나는 모든 일을 책임져야 하는 부담도 떠안아야 했다. 황 원장으로는 선택의 여지가 없이 일방적으로 떠넘겨진 일이지만 소심한 성격의 황 원장은 정신과 환자들을 대상으로 하는 입원 환자 병실을 운영한다는 것에는 아직 자신감이 서지 않았다.

　병원을 이어받아 1년이 지어가는 시점에 간호사가 황 원장에게 송 박사님 전화인데 연결을 해야 할지 묻자 연결하라고 한다. 간호사가 원장실 버튼을 누르고 수화기를 내려놓자 두 사람의 대화가 오간다.
　"송 박사 오랜만이요. 그동안 잘 지냈소?"

황 박사가 멋쩍은 마음으로 먼저 인사를 한다. 육군병원에서 만나 함께 근무하다가 같은 날 제대 후 한 번도 연락하지 않은 미안함 때문이다.

"매정한 양반 그동안 잘 있었소?"

"연락 한번 못해서 미안하오. 정말 오랜만이요. 군에서 제대한 지 벌써 2년이란 세월이 흘러가는 줄도 모르고 살았군. 할 말이 없소."

"나도 연락을 해야지 하면서도 못한 죄인인데 누굴 탓하겠소. 오늘 다른 약속이 없으면 만납시다. 내가 한잔 사겠소."

"그럽시다. 나도 송 박사가 보고 싶군."

두 사람은 약속된 장소에서 만나 잃어버렸던 친구를 다시 찾은 듯 뜨거운 악수를 하고 자리에 앉는다. 출신 학교는 다르지만 같은 정신과 의사로 군에서 전우로 맺어진 우정은 그 누구도 떼어 놓을 수 없는 변질되지 않은 금과 같은 사이로 두 사람이 만리장성을 쌓는 자리임이 틀림없다. 두 사람은 그동안 못다 한 회포를 한꺼번에 풀어내듯 술잔과 함께 시간 가는 줄을 몰랐다. 그들의 오가는 대화는 우정을 재확인하는 세월의 흔적을 찾는 즐거움으로 넘쳐났다.

"황 박사 앞으로 자주 만납시다."

"그럽시다. 송 박사 다음에는 내가 한 잔 사야지."

"그거 좋지. 사양하지 않겠네."

"다음 주 금요일 어떤가?"

"아직 중요한 약속은 없는 것 같은데 만약에 그날 어려우면 내가 전화를 하지요."

"아무런 연락이 없으면 하루 전 내가 확인 전화를 하지 뭐."

"그렇게 해 주면 나는 좋지."

두 사람은 아쉬움을 남긴 채 다음 만날 날을 기약하며 헤어졌다.

황 박사와 송 박사가 만난 며칠 후에 한 통의 엽서가 날아들었다. 고소장이 접수되어 조사가 필요하니 검찰로 출두하라는 통지서다. 황 원장을 고소한 사람은 1년 전에 의처증 환자로 진단받고 3개월 동안 외래로 약물과 정신 요법 치료를 받은 적이 있는 안승구 환자였다. 정신과 의사 생활 중 가끔씩 겪어야 하는 일로 별 큰 문제가 되지 않고 넘어가지만, 이번 일에는 왠지 신경이 쓰인다. 고소장 내용은 허위 진단서 때문에 이혼을 당했다는 내용이었다. 그러나 황 원장은 허위 진단서를 발급한 적이 없다는 자신의 양심에 따라 큰 걱정은 하지 않았다. 하지만 자신이 발급한 진단서 때문에 이혼을 당했다는 사실에는 그리 마음이 편치 않았다. 황 원장은 송 박사와 약속한 일이 생각이 났다. 기분도 찝찝한 차에 송 박사에게 전화를 걸었다. 기분 전환을 할 겸, 약속도 지키며 한 잔하고 싶었다. 황 원장은 간호사에게 송 박사와 연결을 부탁하려 했으나 검찰 출두 엽서를 본 간호사에게 자신의 마음을 노출시키고 싶지가 않아 직접 전화를 걸었다.

"송 박사 오늘 시간이 어때."

"황 박사 오늘 술 생각이 나는 모양이군."

"송 박사를 속일 수는 없지 그래서 박사인가 봐."

"황 박사답지도 않게 썰렁한 이야기를 다하는군."

"왜 나는 그런 말 하면 안 되는 거야."

"그래. 어디로 갈까?"

"송 박사 회를 좋아하니 일식집으로 할까?"

"그건 황 박사 마음대로 하시지."

"그럼 우리 군 시절 주말에 서울 가면 자주 가던 광화문 그 집으로 할까?"

"좋지."

"그럼 한 시간 후 7시에 그곳에서 만납시다.

황 원장이 약속 장소에 당도하자 이미 송 박사가 먼저 나와 있었다. 송 박사 직장에서 그리 멀지 않아 먼저 온 것이다.

"먼저 왔군."

"빨리 만나려고 일찍 왔지."

"나도 택시를 타고 날아왔어."

서로 웃으며 자리에 앉는다. 황 박사가 엽서에 관해서는 생각을 하지 않으려고 하지만 얼굴에 표정까지는 마음대로 할 수가 없는지 송 박사가 한마디 한다.

"약속한 날짜가 며칠이나 남았는데 갑자기 전화를 한 것과 황 박사 얼굴 표정을 보니 무슨 일이 있는 것 같군. 무슨 일인지 빨리 말하라고 좋은 일은 아닌 것 같은데 도대체 무슨 일이야."

"별일 아니야"

"나에게 못 할 말이라도 있어?"

"아니야 송 박사에게 숨길 말이 어데 있어. 그리 큰일은 아니야"

"그러니 어서 털어놓으시라고."

"술이나 한잔하면서 이야기할게."

"그래 내가 너무 서두른 것 같군."

"뭐 다 나를 위해서 그런 건데 이렇게 신경을 써 주니 정말로 고맙군."

"자 한 잔 받게나."

서로 술잔이 오가면서 황 원장이 대화의 방향을 다른 곳으로 옮기려 애를 쓰고 있었다. 같은 정신과 의사로 불미스러운 문제가 발생된 이야기를 한다는 것에 자존심이 허락하지 않았기 때문이었다. 그러나 송 박사가 무슨 일인지 궁금증에 애를 태우며 재촉을 한다. 아니 몹시도 걱정스러운 모양이다. 황 원장이 술잔이 몇 차례 오가고 취기가 오르자 자존심을 지키려는 마음보다 친구에게 엽서에 관한 이야기를 하고 싶다는 충동이 일었다. 후에 알게 될지도 모를 일을 친구에게 속이고 싶지가 않았다. 군 시절 두 사람은 언제나 터놓고 지내던 사이라는 것을 기억하면서 송 박사가 다시 묻기 전에 엽서 이야기를 털어놓는다.

나, 오늘 송 박사에게 하소연이나 하면 풀릴 것 같아서 만나자고 한 거야."

"정말로 무슨 일이 있었군, 무슨 일인데?"

"별로 기분 좋은 일은 아니야."

"무슨 일인데 뜸을 들이고 그래?"

"내가 치료했던 환자가 날 고소했어."

"무슨 일로?"

"내가 발부한 진단서 때문이지"

"무엇이 잘못 되었는데?"

"내 진단서는 하자가 없어."

"그런데 왜 고소를 해?"

"그건 나도 모르지, 검찰에 출두해보면 알겠지."

"너무 걱정하지 마. 황 박사가 허위 진단서를 발부할 위인이 못 되니까. 돌다리도 두드려 보고 건너는 위인이 아닌가."

"글쎄 큰 걱정은 하지 않지만 왠지 기분이 더러워."

"그런 엽서는 다 기분을 더럽게 하는 거야."

"그렇지. 이런 환자 때문에 정신과 의사 노릇 어디 해 먹겠어?"

"그 환자 병명이 뭐야?"

"우리와 같은 동년배쯤 되는 의처증 환자야."

"그래, 정신과 의사로서 가장 경계해야 하고 피하고 싶은 환자가 아닌가."

"그러나 환자를 가려가며 치료할 수는 없잖아?"

"그건 그렇지."

송 박사가 자신의 경험담을 이야기한다.

"황 박사 나도 부정망상 환자에게 고소를 당한 적이 있어. 황 박사와 조금 다른 경우이지만 제대 후 1년 정도 지나서."

"송 박사가 그런 일이 있었는지 전혀 몰랐네?"

"뭐 무슨 좋은 일이라고 그리고 별일도 아니었는데 뭐."

"무슨 일로 고소를 했는데?"

"병도 없는데 강제로 끌고 가서 입원을 시켰다는 거야."

"의부증이야 의처증이야?"

"의부증이야."

"증상은 심했겠지?"

"의처증보다 의부증이 더 난처하지 않아?"

"그건 그렇지. 남자는 사회생활을 하다 보니 이중으로 괴롭지."

"치과 의사 부인인데 간호사와 불륜 관계가 있다고 의심을 하는 거야. 가끔씩 병원에 나와서 하루 수입을 결산하면서 자신이 기억해 두었던 총액에서 변화가 생기면 의심을 하는 거야. 많으면 그날은 그냥 넘어가고 적으면 불륜 대가로 간호사에게 주어서 빈다는 거야. 매일 밤에 남편 그곳을 손으로 만지고 냄새를 맡으면 알 수가 있다는 거지. 아주 지능적이라고 할까. 망상이지만 남편이 하루 이틀도 아니고 견디겠어? 그래서 입원을 시켰는데 고소를 한 거야. 결과는 사실 증언하고 끝났어."

"나도 색다른 경험이 있어 고등학교 교사 부인인데, 처녀 시절 대학교 교무실에서 근무하던 자존심이 강한 올드미스 시절에 만나는 결혼 상대자마다 자기 이상에 맞지 않아 올드미스가 된 거야. 자신이 마음이 가면 남자가 떠나고 자신이 싫으면 남자가 달라붙는 연속이었지. 그리고 주위에서 결혼 이야기가 많아지고 주위에 신경이 쏠리면서 매사에 예민해지고 있었어. 그러던 차에 현 남편을 만나 결혼한 지 3년이 지났고, 슬하에는 아직 자녀가 없어. 그 여인의 증상은 남편의 형 부인인 동서에 의심의 초점이 맞추어져 있어. 남편 형은 경찰인데 밤에 집에 들어오지 않는 날이 많아. 자신의 남편을 유혹하고 있다는 거야. 남편은 그런 형수가 불쌍하여 거부를 못 하고 응하고 있고, 또 자기 남편이 경찰보다 학교 선생이 더 나은 사람이라 탐내고 있다는 거야. 그리고 남편이 출근 후 퇴원 시간만 기다리다가 단 10분만 늦어도 형수하고 무슨 일이 있었다고 다그치며 침대에 머리카락을 가지고 동서 것이라고 트집을 잡아. 비교해 본다고 형수 그곳 음모를 달래 오라고 의심하여 구해다 주기도 해야 하는 남편의 심정은 어떻겠어. 이것은 환자 자신이 토로한 내용이야. 자신도 이러면 안 된다는 것을 알지만 의심의 함정에서 빠져나오지를 못하는 거지. 상담이 끝나면 고맙다고 하면서 돌아가. 그렇게 반복이 되던 어느 날 남편이 찾아왔어. 퇴근 시간이 다 되었을 때 부인이 저녁 식사 대접을 하고 오라고 해서 왔다는 거야. 그러지 않으면 또 트집을 잡을 것 같아서 왔다며 거절하지 말고 응해달라고 신신당부를 해서 간단하게 하자고 하면서 응했지. 그 후 환자는 몇 개월 오더니 오지 않더군. 환자들이 언제 우리가 끝까지 마무리할 기회를 주었던가? 그러나 자신의 행동이 옳지 않다는 것을 알고 있다는 것이 큰 성과지. 잘 지내고 있길 바랄 뿐.

"황 박사 뭐 큰일이야 생기겠어? 어려운 일이 생기면 나도 적극적으로 도울게. 이제 그 일은 잠시 잊고 오늘 화끈하게 한잔하고 기분 풀자고."

"그래 송 박사 이야기를 들으니 큰 위안이 되는군. 오늘 정말로 전화하기 잘했어."

두 사람은 기분 전환용이라며 늦도록 술을 마시고 각자의 집으로 돌아갔다.

황 박사가 검찰에 출두하여 검사와 마주 앉았다. 검사의 첫마디가 위압적이다.

"왜 허위 진단서를 발부하였습니까?"

"허위 진단서를 발부한 사실이 없습니다."

"정말로 없습니까?"

"예."

"거짓말하면 안 됩니다."

"정말입니다."

"당신이 발부한 허위 진단서 때문에 이혼을 당했다면서 고소를 한 겁니다."

황 원장은 알고 있어 침묵으로 대답을 하고 있었다.

"안승구 씨를 아시지요?"

"예. 제가 치료를 했던 환자입니다."

"그럼 부인에게 진단서를 발부한 사실도 있습니까?"

"예. 의처증이라는 증상이 확실하여 치료를 받았고, 본인도 인정을 하고, 부인과 같이 내원하여 치료를 받았습니다."

"얼마나요?"

"3개월간 치료를 하였습니다."

"무슨 치료를 하였습니까?

"약물과 정신 요법을 병행하였습니다."

"병은 호전되었습니까?

"겨우 병식이 생기는 과정인 듯했는데 더 이상 오지를 않았어요."

"그래요?"

"그런데 치료를 중단한 지 6개월이 지나 부인이 진단서를 요구하더라고요. 정신과 진단서는 신중을 기하며 발부하지만 확실하게 진단을 내리고 치료를 하였는데 진단서를 거부할 명분이 없었어요. 분명히 부정망상인 의처증이 확실하니까요."

"그럼 오늘은 이만 돌아가시고 다음에 부르면 다시 오세요."

"알겠습니다."

황 원장이 두 번째 검찰에 출두하여 검사가 내미는 진단서를 보았다. 안승구 환자 자신이 정상이라는 다른 정신과 의사가 발부한 진단서다. 황 원장은 정상이라고 진단서를 발급한 의사의 이름을 보고 놀라고 있었다. 믿을 수가 없어 몇 번을 다시 확인해 보지만 틀림이 없었다.

일전에 함께 술을 마시며 자신을 위로하던 친구 송 박사였기 때문이었다. 두 사람은 군의관 시절을 함께 보내고 군대 생활을 마친 후 황 원장은 개인 병원 원장으로 봉직을 하고 있었고, 친구인 송 박사는 국영병원 정신과 과장으로 봉직 생활을 하고 있었다. 황 원장은 도저히 믿을 수가 없어 다시 확인을 하지만 부정할 수 없는 사실이라는 것에 너무나 당황스러웠다. 그런 친구가 아닌데 하지만 현실임을 재확인하면서 어찌 해야 할지 생각이 나지 않아 정신 나간 사람처럼 허공을 응시하고 있었다. 검사가 황 원장의 놀라는 모습과 정신 나간 사람처럼 앉아 있는 모습을 보고 무슨 일인지 궁금증이 생기지만 잠시 시간을 배려라도 하려는 듯 아무런 질문도 없이 황 원장을 바라보고 있었다. 그러나 그러한 시간은 그리 긴 시간은 아니었다. 검사가 무슨 일이 있는지를 물었다.

"무슨 일이라도 있습니까?"

"아닙니다.

'그런데 왜 진단서를 보고 그렇게 놀라며 정신 나간 사람처럼 앉아 있었던 겁니까?"

그렇다고 친구인 송 박사와의 관계를 이야기할 수는 없어 아무런 일도 아니라고 얼버무렸다. 검사가 이해가 되지 않는다는 듯 고개를 저으며 자신의 임무로 돌아가 질문을 시작했다.

"다시 묻습니다. 자신이 발부한 진단서에 아무런 하자가 없다고 생각을 하십니까?"

"예. 그렇습니다."

"그런데 왜 다른 정신과 의사는 정상이라고 진단서를 발부하였을까요?"

"그건 저도 모르는 일입니다."

"정말로 그 사람이 의처증 환자가 맞습니까?"

"예."

"그 과정을 조금 더 자세히 설명해 보세요."

황 원장은 조금도 거짓이 없이 설명하고 있었다.

50대 중반으로 보이는 한 여인이 황 원장이 운영하는 신경 정신과 의원 현관문을 열고 들어왔다. 여인은 대기실에서 잠시 서성거리다가 접수실로 향해 얼굴을 내밀었다. 간호사가 용건을 물었다.

"진료를 받으실 건가요?"

"아니요. 남편 문제로 상담을 하려고요."

"그럼 접수 먼저 하세요."

간호사가 남편의 인적 사항을 물었다. 여인은 남편의 이름과 생년월일을 말한 후 다시 대기실에서 차례를 기다리는 동안 신경이 쓰이는 듯 주위를 둘러본다. 한참을 기다리던 여인이 간호사의 부름을 받고 진료실로 들어가 닥터 황과 마주 보고 앉았다.

"무슨 문제로 오셨습니까?"

"남편이 저에 대한 의심증 때문입니다."

"조금 더 구체적으로 이야기해 보세요."

"저에게 다른 남자가 있다고 의심을 해요."

"그래요?"

"심지어 반찬거리를 사러 잠시 시장에 다녀와도 다른 남자를 만나고 왔다고 의심을 해요."

황 원장이 이해가 된다는 듯 고개를 끄덕였다.

"이제는 남편과 함께 가든지 아니면 혼자 다녀오라고 한 후 뒤를 몰래 따라오면 모르는 척 시장을 보아 돌아오면 아무런 일도 없었다는 듯 조용해요."

"자기 눈으로 확인을 하였으니 조용하겠지요."

"선생님. 너무도 괴로워요."

"부인의 심정 충분히 이해합니다."

"선생님, 솔직히 이야기를 하면 용서한다니까. 거짓말이라도 해서 의심을 지울 수 있다면 거짓말이라도 하고 싶을 때도 있어요."

"절대로 그러시면 안 됩니다. 그건 상태를 더 악화시킬 뿐입니다."

"그럼 어떻게 해야 할까요?"

"남편의 병을 치료해 주어야지요."

"남편에게 정신과에 가서 진찰을 받아 보자고 하면 정신병 환자 취급한다며 저를 죽이려 할 겁니다."

"그래도 잘 설득하여 병원에 모시고 와야 도움을 줄 수가 있습니다."

"병원에 데리고 올 수가 없으니 어떻게 하면 좋을까요?

"좀처럼 설득이 어려울 겁니다. 그러나 병원에 모시고 오지 않으면 도와줄 방법은 없습니다."

"약을 몰래 복용을 시켜보면 어떨까요?

"어떻게 말입니까?

"음식물에 섞어서 먹이면 어떨까요?"

"그건 위험합니다. 맛으로도 알 수 있겠지만 약을 먹으면 졸음이 온다던가 힘이 빠지는 생리적인 변화는 더욱 부인을 의심하게 될 겁니다. 아니 자신을 죽이려 하고 있다는 피해의식에 부인을 해칠 수도 있습니다."

부인은 황 박사의 이야기에 잠시 정신줄을 놓은 사람처럼 보였다. 닥터 황은 잠자는 여인을 깨우듯 다시 말을 걸었다.

"부인을 의심하기 시작한 지는 얼마나 되었습니까?"

"몇 년 전쯤 친구를 만나고 들어왔는데 제 몸에다 코를 대고 냄새를 맡으면서 어느 놈과 있다가 왔냐고 말하라고 다그치더군요."

"많이 놀라셨겠습니다."

"그땐 너무도 어이가 없어 말도 나오지 않더군요."

"그 후 그런 일이 자주 있었습니까?"

"아니요. 그날 이후 별일도 없었다는 듯 조용히 지나갔습니다."

"그럼 언제부터 다시 의심을 하던가요?"

"1년 전부터 조금씩 의심을 하더니 3개월 전부터 몹시 심해졌습니다."

"그럼 1년 전후 남편 주변에 크게 변화된 일이 있었습니까?"

"별다른 일은 없었던 것 같아요."

"그래요?"

여인은 몹시도 긴장된 모습으로 닥터 황의 다음 질문을 기다리는 듯 보였다.

"남편은 무슨 일에 종사하고 있습니까?"

여인은 잠시 머뭇거렸다. 닥터 황이 여인을 바라보며 이야기를 기다렸다.

"별로 하는 일 없이 살아왔습니다."

"직업이 없었다는 말인가요?"

"예."

"그럼 집안 살림은 어떻게 꾸려 왔습니까?"

"시아버지로부터 도움을 받아 살아왔습니다."

"그래요?"

"원래 남편이 풍요로운 가정에서 할아버지 할머니 밑에서 귀하게 자라 그런지 자존심만 강해요. 직장을 잡아도 적응하지 못하고 조그마한 일에도 자존심이 상한다며 내팽개치고 나와, 그래서 평생 부모 밑에서 도움을 받는 실업자 생활을 하고 살다 보니 그리 마음이 편했겠습니까?"

"그런 사정이 있었군요."

"남편이 성공한 친구들을 보면서 자신의 초라한 모습이 스스로를 괴롭히는가 봐요. 부모님 덕분에 풍요로운 학창 시절 잘나가던 자신의 모습을 버리지 못하고 친구들을 당당히 만나지도 못하고 피하면서요. 남편의 자존심을 건드리지나 않을까 조심하며 살아온 세월이 저도 힘들었습니다. 그리고 저도 함께 살다 보니 남편의 생활 방식에 따라가더군요."

"어떻게 말입니까?"

"그래서 친구도 멀리해야 했고 친정에도 가지 못했습니다. 그러다 보니 남편에게 믿음과 존경심보다는 실망을 느낄 때가 많더군요. 그러나 자식들 때문에 참고 살았습니다. 그런데 이런 일이 생기고 보니 화가 더 나요."

"남편의 주량은 어느 정도인가요?"

"술을 못해요. 시아버님도 그래요. 술이 잘 받지 않는 집안인가 봐요."

"그럼 남편 취미생활이 뭔가요?"

"별 취미생활도 없는 것 같아요. 그냥 집에 있는 시간이 많아요."

"그럼 혼자서 있는 시간이 많겠군요?"

"그러니 저도 함께 집안에서 갇혀서 살았습니다."

"그럼 집에 있을 때는 무엇을 하고 지내나요."

"그냥 방에서 누워 있거나 가끔 TV에서 뉴스를 보는 정도입니다."

"자녀들도 아버지가 어머니를 의심하는 것을 알고 있습니까?"

"알고는 있지만, 자존심 강한 아버지에게 아무도 말을 못해요."

황 원장은 편집증 환자들이, 자신의 잘못된 생각을 사실이라고 믿고 있기 때문에 설득하여 병원에 데리고 오기가 쉽지 않다는 것을 알고 있었다. 그래서 대부분 일방적인 가족의 이야기에 결론을 내리는 것이 보통이지만, 닥터 황은 언제나 모든 것에 신중한 편이었다. 편집증 환자들에서 가끔씩 일어나는 문제점을 알고 있었기 때문이었다.

"그래도 그냥 지낸다는 것은 모두가 고통이지요."

"남편에게 아무도 진찰을 받으러 가자고 말을 할 사람이 없어요."

"그래도 본인 없이 도와드릴 방법은 약 처방인데 약을 복용시키는 것도 어려울 겁니다. 본인이 받아들이기 전에는 모든 것이 불가능합니다. 협조해 줄 사람을 찾아야 합니다."

"시아버님이 살아서 계신다면 몰라도 아무도 도와줄 사람이 없어요."

"그럼 시부모님 모두 돌아가셨습니까?"

"예. 오래전 어머님이 먼저 돌아가시고 시아버님은 2년 전에 돌아가셨습니다.

"그래요. 그럼 남편이 부인을 의심하게 된 시점이 아버지가 돌아간 때와 같이하는 것 같군요."

"처음 시작이 그 시점인 것 같네요."

"절대적으로 의지하던 조력자가 없어지니 많이 불안했을 겁니다."

"그런 것 같았어요. 그래도 저를 의심하지는 않았어요."

"빨리 병원으로 모시고 오세요."

"선생님, 치료하면 고칠 수는 있을까요?"

"그것은 병을 고치겠다는 본인의 의지와 가족의 협조에 따라 다릅니다."

"정말로 괴롭고 힘들어요. 자식들만 없어도 어디로 도망을 가든지 죽고만 싶어요."

"온 가족이 다 힘든 일이지만, 그래도 환자 처지에서는 더욱 힘이 들고 괴로울 겁니다. 가족이 합심하여 도와드려야지요."

"다른 사람들에게는 조금도 이상한 행동도 없이 얼마나 친절하고 예절도 바른지 몰라요. 그리고 가족 외에는 제가 무슨 말을 해도 믿으려 하지 않고 오히려 저를 나쁜 사람 취급을 해요. 멀쩡한 사람을 환자 취급한다고요."

"그럴 겁니다. 편집증 특히 부정망상 환자들에서 볼 수 있는 가장 대표적인 증상이니까요. 자신의 방어 수단으로 남들에게 자신의 약점을 보이지 않으므로 자신은 정상이라는 것을 보여 그들로부터 자기를 보호받으려는 계산된 행동입니다. 남들은 그 내막을 모르기 때문에 부인의 이야기를 믿으려 하지 않는 겁니다. 오직 부인 한 분만을 의심하며 괴롭히는 증상이기 때문입니다. 그러나 조금 더 심해지면 자기방어 능력까지 상실하여 안절부절 횡설수설하는 정신 분열 증상까지 일으킬 수 있습니다. 그때는 주위에서도 병이라는 것을 느끼게 되지만 아직은 부인만 괴롭히는 단계인 듯합니다."

"그럼 어떻게 해야 할까요?"

"빨리 치료해 주어야지요."

"약물 치료를 하나요?"

"약물 치료도 하지만 자기 자신의 병식을 인식시키는 정신 요법도 병행해야겠지요."

"자신이 하는 행동이 병이라는 것을 인정할까요?"

"쉽지는 않겠지만 원인을 분석하며 해결해 나아가야지요. 그러기 위해서는 반드시 남편을 병원으로 데리고 와야 합니다."

  몇 주일 후, 어떻게 설득을 하였는지 여인은 남편을 데리고 병원을 다시 찾았다. 여인이 남편과 함께 진찰실로 들어왔다. 닥터 황이 환자와 대화를 나눌 것이 있으니 부인에게 자리를 비워 줄 것을 요구했다. 여인이 자리에서 일어나 진찰실 밖으로 나갔다. 닥터 황이 남자에게 질문을 시작했다.

  "무엇 때문에 병원에 오셨습니까?"

  "집사람이 나더러 의처증이라고 하면서 진찰을 받아보자고 하여 왔습니다."

  "그렇습니까? 무슨 일이 있었던 모양이지요?"

  "아니요. 아무런 일도 없었는데요."

  "그럼 왜 병원에 가자고 했을까요?"

  "잘 모르겠습니다."

  "아무런 문제도 없는데 왜 부인을 따라 병원에 왔습니까?"

  남자는 대답을 하지 않았다. 황 원장은 다시 묻는다.

  "정말로 부인이 왜 병원에 가자고 하였는지 모르겠습니까?"

  "예."

  "그럼 다시 병원에 가자고 하면 오지 않을 건가요?"

  "제가 다시 병원에 와야 하나요?"

  "그건 부인에게 물어봐야 할 것 같은데요?"

  황 원장이 자리에서 일어나 문을 열고 밖에서 대기 중인 부인에게 들어오라고 손짓을 했다. 그리고 부인이 자리에 앉았다. 황 원장이 부인에게 물었다.

"무슨 문제로 남편 분을 병원에 모시고 왔습니까? 남편 분은 병원에 오게 된 이유를 모르고 있는데요."

부인은 남편을 힐끔 쳐다보고 황 원장 쪽으로 시선을 옮겼다. 황 원장은 부인에게 살며시 눈짓을 보내고 부인의 이야기를 가로막기 위해서 먼저 말을 꺼냈다.

"두 분 오늘 왜 병원에 왔는지 또다시 병원에 와야 하는지 잘 생각하고 서로 상의하여 다음 올 때 숨김없이 이야기를 할 수 있을 때 오세요. 오늘은 더 이상 도와드릴 일이 없는 것 같습니다."

일주일 후, 두 사람이 다시 병원을 찾았다. 황 원장이 처음과는 달리 두 사람을 함께하며 진료를 시작했다.

"전번에 오셨을 때는 아무런 도움도 받지 못하고 돌아가셨습니다. 오늘은 무슨 문제로 오셨는지 이야기하시겠지요? 어느 분이 먼저 하겠습니까?"

황 원장이 부인을 쳐다보며 먼저 이야기를 하라는 신호를 표정으로 보냈다. 어차피 남자가 자신의 문제점을 인정하고 이야기를 하지 않을 거라는 것을 알기 때문이었다. 그러나 부인이 남편의 문제점을 터트린다는 것도 그리 쉽지는 않지만, 그래도 치료를 하기 위해서는 어떠한 고통도 참고 견뎌야 하는 부인의 결심을 황 원장은 기다리고 있었다.

"선생님 저희 남편이 저를 의심하는 병이 있는 것 같습니다."

"자세히 들려주시겠습니까?"

"잠시만 집 밖에 나갔다 오면 제 몸에다가 코를 대고 냄새를 맡으며 어느 놈을 만나고 왔는지 말하라고 다그쳐요."

"언제부터인가요."

"오래전부터 이상하다고 생각은 했지만 설마 하고 넘어갔는데 6개월 전부터 차츰 심해지는 것 같았어요. 이제는 더 견딜 수가 없어서 병원에 가서 진찰을 받고 치료를 받기를 권했지만 자기를 미친놈 취급을 한다며 죽일 듯이 화를 내며 거부했어요."

황 원장은 남편에게 부인이 들려준 이야기를 확인시키고 있었다. 그러나 남편은 부정도 긍정도 하지 않았다. 다만 침묵하고 있었다. 황 원장은 침묵의 의미는 인정도 부정도 할 수 없는 고뇌에 찬 자신의 솔직한 심정이라고 믿고 있었다. 황 원장은 환자의 이름을 부르며 다시 물었다.

"부인의 이야기가 사실인가요?"

환자는 부인을 바라보았다. 부인도 남편을 바라보았다. 황 원장이 부인을 잠시 자리를 비워 줄 것을 요구했고, 부인은 진찰실 밖으로 나갔다. 그리고 환자에게 다시 묻고 있었다.

"안 승구 씨, 부인의 이야기가 사실인가요?"

환자가 대답 대신 고개를 숙인다. 인정을 한다는 것으로 황 원장은 받아들이고 있었다. 그러자 한결 가벼운 마음으로 이야기를 할 수 있을 것 같았다.

"그럼 인정하는 것으로 알고 이야기를 진행하겠습니다."

환자는 아직도 입을 함구한 채 앉아 있다. 그러나 닥터 황은 아무것도 강요하지 않았고 일방적으로 말을 이어갔다.

"안 승구 씨의 행동들이 아내에게 주는 스트레스가 얼마나 클지 생각을 해 본 적이 있습니까?"

환자도 일그러진 얼굴에 괴로운 듯 보였다. 환자의 마음은 두 가지로 나뉘어 자신을 괴롭히고 있기 때문이었다. 하나는 아니라고 믿고 싶은 마음과 또 하나는 믿지 못하는 마음이다. 두 마음의 갈등은 안승구 자신을 몹시도 괴롭히고 있기 때문이다.

"안승구 씨, 제가 생각하기에는 부인이 받는 스트레스도 크겠지만 본인이 지금껏 받아온 스트레스도 적지는 않았을 것 같은데 서로를 위해서 무엇이 문제인지 무엇이 두 사람을 괴롭히는지 함께 대화하며 풀어볼 생각이 없는지요?"

안승구 환자는 여전히 침묵을 지키며 닥터 황에게 시선을 보내고 있었다. 닥터 황은 두 사람이 집으로 돌아가 생길 문제점을 고려해 부인이 들려준 남편의 행동에 관해서는 신중을 기하며 가능한 거론하지 않았다. 닥터 황은 환자 자신이 스스로 자신의 문제점을 털어놓을 수 있도록 유도를 하지만 쉬운 일이 아니라는 것을 알고 있었다. 다만 부인을 따라 병원에 올 수 있었다는 것만으로도 다행이라고 생각하고 있다. 그것은 자신도 도움을 받고 싶다는 호소 같은 것이라는 것을 황 원장은 경험상으로 보아 왔기 때문이다. 부인이 어떻게 설득하여 함께 병원에 올 수 있었는지 궁금증이 생기지만 묻지는 않았다.

안승구 환자가 부인을 따라 1주일에 한 번씩 빠짐없이 병원을 찾았다.

환자도 안정이 되어갔고 부인도 만족해했다. 황 원장도 보람을 느끼며 정신 요법과 약물을 병행하며 3개월간 치료를 받았다. 그 후 두 사람은 병원에 오지 않았고 6개월이 지난 시점에 안승구 환자 부인이 혼자 병원을 찾아와 남편의 진단서를 요구했다. 닥터 황은 안승구 부인에게 남편의 근황을 물어보았다. 부인은 별일 없이 지내고 있다고 했다. 황 원장은 다행이라고 생각하며 자신이 진료한 소견에 가감 없는 진단서를 발부했다.

안승구 환자가 황 원장에게 치료를 받고 10개월이 지난 시점에 고등학교 동창생인 정신과 의사를 찾았다. 정부 유관단체에서 운영하는 준종합 병원 정신과 과장으로 근무를 하고 있는 송 박사였다. 안승구 환자의 계획된 방문이었다.

"승구야, 네가 어쩐 일이야, 나를 다 찾아오고."

"뭐, 내가 못 올 데라도 온 모양이구나."

"그런 건 아니고. 너 고등학교 졸업하고 한 번도 만나지 못했던 것 같은데."

"아마도 그럴 거야, 송 박사가 이곳에 있는지 얼마 전 텔레비전에서 너를 보고 혹시나 하고 와 봤어."

"그랬구나."

"그런데 너 정말로 출세를 했구나. 그리고 내 친구 중에도 이렇게 유명한 정신과 의사가 있다는 것이 얼마나 자랑스럽던지 빨리 보고 싶어 온 거야."

"야, 정말 반갑다. 정말 잘 왔어. 잃어버렸던 친구를 다시 찾은 기분이

다."

"다른 동창 친구들은 자주 만나고 있겠지?"

"아니 서로 하는 일이 다르고 바쁘니까. 만나지는 못해도 전화로는 가끔씩 통화하고 있어."

"그렇구나."

"그런데 너는 왜 그리 소식 한번 없이 아무도 너를 만나 본 친구가 없었지? 혹시 외국에서 살다 왔니?"

"아니야, 너희들은 잘나가는데 좀 만나기가 그렇더라."

"지금은 무슨 일을 하고 있는 거야?"

"별로 하는 일 없이 그냥 그렇게 살지 뭐."

"그냥 그렇게 살다니?"

"아버지 도움으로 사업을 하다가 몇 번 실패를 한 후 집에서 놀고 있어."

"아버님 어머님 건강하셔?"

"아니, 몇 년 전에 두 분 다 돌아가셨어."

"뵙고 싶었는데. 너희 아버지가 우리에게 얼마나 잘해 주셨니?"

"너 별것을 다 기억하는구나?"

"그래도 아버지가 남겨 놓은 재산이 많아 걱정 없이 살고 있지?"

"아버지 재산 내가 다 없애고 겨우 남겨 놓은 작은 건물이 하나 있어. 그것에서 나오는 셋돈으로 살지 뭐."

"그래도 중고등학교 시절에 잘나가던 안승구 아니니. 그때 정말 친구가 얼마나 부러웠는지 모른다."

"다 지나간 일인데 뭐."

"앞으로 자주 연락하며 살자."

"그래야지."

"조금만 기다려. 나 잠시 병실 한번 다녀와서 함께 나가 저녁 식사라도 하자."

"식사는 다음에 내가 사지, 오늘은 송 박사에게 부탁 하나 하려고."

"무슨 부탁인데? 오랜만에 만나는 친구의 부탁을 내가 해 줄 수 있는 일이면 들어주어야지."

"고맙다야."

"무슨 부탁인지 말해 봐."

"내가 사업에 여러 번 실패하고, 신경이 예민해 잘 어울리던 사람과도 좀 서운하게 지내다 보니, 나보고 정상이 아니라고 소곤대기도 하고 놀려대기도 해. 장난기로 하는 이야기지만, 그래도 친구 덕으로 그 자식들 다시는 그런 소리 못하도록 하게 친구가 정상이라고 진단서 한 장만 써 주면 안 될까?"

"그래?"

"송 박사가 보아도 내가 정신적으로 정상이 아닌 것 같이 보여?"

"아니야, 정상으로 보여."

"그럼 그 자식들에게 보여 주게 부탁해."

"그래 그럼 조금만 기다려."

"오랜만에 만난 친구에게 너무 부담 주는 것은 아니겠지?"

"아니야."

"정말 고맙다."

안승구 환자는 친구인 송 박사한테 정상이라는 진단서를 받아 서로 아쉬워하며 다음에 만나기로 약속하고 집으로 돌아왔다. 그러나 두 친구는 오랜만의 만남이 진단서 때문에 마지막이 되어 다시는 만날 수 없는 관계가 되어 버렸다. 송 박사가 발부한 진단서로 말미암아 황 원장이 발부한 진단서는 허위 진단서로 그것 때문에 자신이 이혼을 당했다며 손해배상 청구를 했다.

두 정신과 의사의 한 치도 물러설 수 없는 치명적인 진실 게임이 시작되고 있었다. 그러나 황 원장과 송 박사의 진실 게임은 처음부터 진실보다는 파워 게임이 되고 있었고, 이미 승부는 송 박사 쪽으로 결정되어 있었다. 그것은 거부할 수 없는 현실이었다. 송 박사 쪽에는 적십자사와 보건사회부라는 정부 조직을 등에 업고 있었고, 황 원장에게는 단순 변호사만이 힘이 되고 있었기 때문이다. 고래와 새우 싸움이었다. 그래도 황 원장은 포기할 수도 없어 진실을 위해서 최선을 다하기로 마음먹고 있었다. 송 박사가 근무하는 병원에서도 물러설 수 없는 상황으로 송 박사를 보호해야 하기 때문이다. 송 박사에게도 검찰에서 출두 통지서가 발부되었다. 그리고 병원 변호사와 병원 관계자들이 분주하게 움직이고 있었다. 그러나 황 박사는 한 사람의 친구 때문에 또 한 사람의 친구에게 큰 고통을 안겨 준 자신의 경솔한 행동에 죄책감으로 괴로워하고 있었다. 송 박사가 병원장의 호출을 받았다.

"송 박사 어떻게 된 일인가요?"

"원장님 죄송합니다. 사실은 저의 경솔한 행동으로 빚어진 일입니다."

"무슨 말이요. 조금 더 자세히 이야기를 해 보세요."

송 박사는 고등학교 동창생에게 자신도 속았다는 이야기를 하며 자신이 책임을 지겠다고 사직서를 내밀었다.

"송 박사, 두 분이 다 잘될 수 있는 방법을 찾아봅시다. 잘못하면 두 분 중에 한 사람은 치명상을 입을 수밖에 없습니다. 만약에 허위 진단서를 발부하였다면 의사로서의 큰 상처가 될 수 있지 않습니까?"

"그렇다고 친구에게 죄를 떠넘길 수는 없습니다."

"송 박사 답답하군요. 지금 고위층에서도 검찰에 접촉하고 있으니 기다려 보자는 겁니다."

재판 기일이 되어 재판정에는 부부가 서로 다른 좌석에 앉아 있었다. 그리고 황 박사와 송 박사도 서로 다른 좌석에 앉아 있었다. 재판관의 법정 개시가 선언되고 이어 송사 취지를 설명한 후 이의가 없는지 변호사에게 물었다.

"두 변호사에게 묻습니다. 지금 두 분의 정신과 의사의 다른 한 사람은 정상이라는 진단서를, 한 사람은 부인을 의심하는 의처증 환자라는 진단서를 발부하였습니다. 양측 변호사가 "예"라고 대답한다.

2차 재판이 개시되었다. 재판의 흐름은 허위 진단서를 가리는 쪽에서 빗겨나가고 있었다. 일방적인 힘으로 진실은 왜곡이 되고 자신들의 논리와 이익에 약자의 진실만이 희생되는 순간이 되고 있었다. 판사는 판결문을 읽어 가는 얼굴 표정에서 당연하다는 듯 힘이 가득 실린 말투였다.

조금도 양심의 가책을 느끼지 않고 있었다. 판사는 당당하게 방청석을 바라보며 판결문을 읽어 나갔다.

"본 사건은 신이 아닌 인간이 하는 일로써 두 의사의 진단이 상이한 것은 환자의 편집증이라는 병명의 본질상, 인간의 추상적인 판단에 따른 결과로 법의 잣대로 판단하기 어려워 정신의학 학회에 의뢰한 바 두 의사의 진단이 허위로 볼 수 없다는 의견에 따라서 두 의사에게 형사적인 책임을 묻지 않기로 하였다. 그러나 진단서 때문에 이혼을 당한 사건에 관해서는 도의적인 책임까지 면하기는 어려워 그에 해당하여 민사적인 책임으로 이천만 원의 피해 보상을 선고한다"

황 원장으로서는 몹시도 불만스러운 결과이지만 힘의 결과라는 것을 실감하며 승복할 수밖에 없었다.

현재에서 과거를 보면 후회스럽고 미래는 알 수가 없다. 현재는 머물지 않고 순간적으로 과거가 되며 언제나 현재에 서서 후회스러운 과거를 생각하며 알 수 없는 미래를 꿈꾸며 달린다. 이것이 바로 배신의 계절에 사는 인간들의 모습이 아닐까?

작은 남자

「작은 남자」 2010년 8월호 한국소설

정신병원 앞에서 서성이던 강철민은 시선을 바닥에 떨군 채 현관문을 열고 들어선다. 진료 대기실 구석진 곳으로 다가가 벽에 걸린 작은 산수화 그림 앞에 서서 어찌할까 한참을 망설이다가 간호사에게 다가가 진찰을 받으러 왔다고 한다. 간호사가 인적 사항을 묻는다. 강철민은 목 안으로 기어들어 가는 목소리로 더듬거리며 이름을 댄다. 간호사가 못 알아들었는지 다시 묻는다. 대답 대신 돌아갈까 하는 생각에 주춤거리자 간호사가 이상하다는 듯 바라본다. 순간 자신을 바라보던 영미 모습이 떠오른다. 순간 깨진 바가지 사이로 물이 흘러내리듯 이름과 주소가 줄줄 새어 나온다. 간호사가 잠시 자리에 앉아 기다리면 부른다고 한다.

　강철민의 머릿속이 텅 비어 있는 듯 아무런 생각도 없이 허공만 응시하고 있다. 간호사의 부름에 놀란 사람처럼 허둥거리며 진찰실 안으로 들어가 정신과 의사와 마주 보고 앉는다.
　"무엇을 도와드릴까요?"
　정신과 의사가 직업적인 말투로 물었다. 강철민은 영미를 위해서라면 무엇이든 할 수 있다던 자신과의 약속이 떠올랐다. 영미와의 관계가 지

속되느냐 끝장이 나느냐 하는 마지막으로 기대어 볼 곳이라는 희망 때문에 의사의 바지 자락이라도 잡는다는 심정으로 애걸하듯 망을 한다.

"선생님. 결혼을 한 지 3개월이 지나가는데 아직 첫날밤 행사를 치르지 못하고 있습니다."

정신과 의사가 흥미로운 듯 반문을 한다.

"두 분 사이에 무슨 문제라도 있습니까?"

"아닙니다. 둘 사이에는 아무런 일도 없습니다."

"그런데 왜?"

"그래서 미칠 것 같습니다."

"좀 더 자세히 설명해 보세요. 두 분 중 어느 분이 문제입니까?"

"저에게 문제가 있습니다."

"그래요?"

"처음이자 마지막으로 하늘에서 저에게 내려 준 선물입니다."

"연애결혼입니까? 중매결혼입니까?"

"중매결혼입니다."

"그 여인이 그리도 대단한 여인입니까?"

"예. 저와 비교해서요."

"그래요?"

"선생님, 더욱 알 수가 없는 것은 집사람 몸에 손을 대거나 생각만 해도 발기가 되는데 결정적인 순간에 가면 고개를 숙여요."

"결혼 전에 여자와 성관계를 가져본 적이 있나요?"

"있습니다."

"그때는 정상적이었나요?"

"예."

"그럼, 여기 오시기 전에 비뇨기과 진찰은 받아 보았나요?"

"예."

"뭐라고 하던가요?"

"기능적으로는 정상이라며 정신과 의사와 상담을 받아 보라는 권유를 받았습니다."

"그래요?"

"선생님 왜 그럴까요?"

"비뇨기과에서 정상적이라는 진단을 받았다면 정신적인 문제로 생각해야 할 것 같습니다. 묻는 이야기에 관하여 상세히 들려주어야 합니다."

"그렇게 하겠습니다."

"그리고 모든 질문은 치료를 위한 것입니다. 불쾌한 질문도 있고 말하기 어려운 질문도 있습니다. 병을 치료하기 위한 질문이니 숨기시면 안 됩니다. 그리고 진료실에서 한 이야기는 절대 남에게 유포하지 않고 비밀을 지켜드립니다."

"병만 고칠 수 있다면 무엇인들 못 하겠습니까? 묻는 말에 솔직히 대답하겠습니다."

강철민이 집으로 가기 위해서는 작은 시장 골목길을 따라 올라가야 한다. 약 50m 거리의 시장 길의 상점은 모두 작은 가게지만 알짜배기 상권이라고 소문이 나 있다.

인심 좋은 생선 가게 노총각의 후한 덤에 노총각 신세 면하게 중매를 선다는 아주머니의 입담에 주변이 웃음바다가 된다. 계란 장수 아주머니가 손님을 기다리다 지루한 듯 졸음과 싸움을 하고, 순댓국, 해장국, 돼지 갈빗집에서 풍겨 나오는 구수한 냄새가 코를 혼란스럽게 한다. 중국집 식당 앞에서 배달원이 철가방을 들고 배달을 하기 위해 요란스러운 소리와 검은 매연을 뿜어내며 시동을 걸지만 아무도 신경을 쓰지 않는다. 그리고 약국, 비어와 치킨집, 쌀가게, 정육점, 옷 가게, 서민들의 휴식처 다방도 있다. 없는 것 빼놓고 다 있다는 농담이 실감이 난다. 시장 위에 자리한 서민들의 보금자리는 일명 비둘기집이라는 불리는 작은 집들이 밀집되어 있는 달동네. 선거철이 되면 정치 1번지 종로에서 제일 신경을 쓰는 곳이다. 유권자 수가 많은 달동네가 당선과 낙선이 결정된다는 말이 과언이 아니다.

달동네 중간쯤 올라가면 골목슈퍼라는 간판이 보인다. 상호만 격상되어 슈퍼지 몇 평 되지 않는 살림방이 붙어 있는 구멍가게다. 그러나 달동네에서는 병원 응급실 역할을 하는 제법 단골도 많다. 슈퍼 아주머니는 과부댁으로 불리며 딸린 자식도 한 명 없이 혼자 살고 있지만, 조금도 불행한 사람처럼 보이지 않는다. 언제 무슨 사연으로 과부가 되고 골목슈퍼가 언제 생겼는지 알지 못하지만 한 가지 분명한 것은 강철민이 단골이 되어 버린 지도 벌써 3년이 지나고 있다는 사실이다.

"아주머니, 라면 10개하고 소주 한 병만 주세요."

"오늘은 소주를 다 찾고 무슨 좋은 일이라도 있어?"

"아니요."

"그런데 소주는 왜 찾아?"

슈퍼 아주머니는 언제나 어머니처럼 관심을 가지고 친절하게 대해 준다.

강철민도 그런 슈퍼 아주머니 마음에 감사하고 있었다. 슈퍼 아주머니가 소주에 관하여 호기심이 발동하는지 말을 자꾸 걸어온다.

"모두 얼마예요?"

강철민은 아주머니의 호기심을 잠재우기 위해 계산을 서두른다.

"오늘은 왜 이렇게 서두를까? 그래, 라면 10개와 소주 한 병, 라면 380원씩 10개면 3,800원 소주 1병 800원 모두 4,600원이구먼"

"예. 아주머니 여기 있어요."

5,000원이니까 거스름돈은 400원 여기 있어. 도망만 가려 하지 말고 할 말이 있으니 여기 좀 앉지."

"예?"

"좋은 일이야. 너무 심각해질 필요는 없어 총각 장가보내 주려고 그래"

"장가요."

"왜. 혼자 살려고?"

"저 같은 사람에게는 장가란 그림의 떡이지요. 그리고 남의 집 귀한 아가씨 데려다가 고생만 시킬 텐데 전 혼자 살래요."

"무슨 그런 바보 같은 소리야. 내가 보기에는 총각은 1등 신랑감인데 내가 꼭 3년을 지켜봤어요. 언제 시간이 있어? 이번 주말은 어때?"

슈퍼 아주머니의 칭찬도 부담스럽지만, 맞선을 보라는 말에 더욱 부담을 느끼고 있다. 슈퍼 아주머니가 끈질기게 물고 늘어졌다. 자신을 인정해 준다는 고마움도 있지만 장가가라는 말은 싫지만은 않았다. 선은 본다고 다 이루어지는 것도 아닌데 남들 다 보는 선을 한번 볼 수 있다는 것도 그리 나쁘지 않을 것 같아서 승낙을 한다.

"예."

"그래 고맙구먼. 그럼 일요일 오전 11시 시장 입구 길다방으로 할까?"

"그렇게 하세요."

슈퍼 아주머니의 중매 제안을 받아들이고 집으로 돌아와 곰곰이 생각해 보아도 자신이 없다. 한 푼도 가진 것 없는 빈털터리 신세에다, 장래의 비전도 없는 초라한 자신이 한없이 부끄러워 약속 장소에 나갈 자신이 없다. 하루 밥 세끼 먹을 수는 있겠지만 결혼 비용과 둘이 거처할 작은 방 하나 구할 능력도 없다. 자신이 내세울 것은 오직 병들지 않은 몸뚱이 하나다. 기대하는 일도 아닌데 신경이 쓰인다.

얼마 전 일이다. 슈퍼 아주머니가 자신의 신상을 꼬치꼬치 물어 솔직히 털어놓은 적이 있다. 허풍을 떨 수도 있었지만 자상하게 대해 주는 슈퍼 아주머니의 친근한 감정이 부끄러운 자신의 모습을 그대로 말을 할 수 있었는지 모른다.

가난한 시골 마을 소작농의 아들로 태어나 어린 시절 어머니를 일찍 잃고 형제자매 친척도 없이 홀아버지 아래서 가난에 시달리며 살아온 이야기를 들려주었다.

강철민은 초등학교 시절부터 20리 길은 버스도 다니지 않는 곳에서 두 발로 걷고 뛰며 학교를 다녔다.

그래도 아버지는 자신과 같은 삶을 살지 않길 바라며 어렵사리 고등학교까지 졸업을 시켜 주었다. 그리고 시골에 남아 있어야 아버지 같은 신세를 면하지 못한다고 그래도 서울로 가야 한다며 많지도 않은 여비를 내주었다.

강철민은 서울로 올라간 선배가 생각이 났다. 동네 선배로 서울로 올라가 다른 선배들보다 잘나가는 선배다. 그 선배가 고향에 오면 꼭 아버지에게 찾아와 인사를 했고 자신도 무척이나 신경을 써 주던 선배다.

선배가 졸업하고 서울로 올라오고 싶으면 연락하라고 준 명함이 생각이 났다. 그리고 연락을 했다. 선배가 반가워하며 도와준 덕에 구로공단 생산직에 근무하며 살고 있다. 강철민은 자신의 처지를 다 아시는 슈퍼 아주머니가 중매를 서겠다는 말에 고마움과 부담감이 교차하고 있다. 그러나 어차피 만나 보아야 할 약속이라고 생각하며 여인의 그림을 그려 보지만, 희망적인 생각보다는 비관적인 그림만 떠오른다. 지금껏 지배해 온 열등의식이 만들어 낸 못난 자신의 형상인지도 모른다.

"분명 박색일거야. 아니면 절름발이? 아니 난쟁이? 껑다리? 그래 아주 늙어버린 노처녀일지도 몰라."

강철민은 희망도 없는 내일을 기다리며 잠을 이루지 못한다.

길다방은 달동네로 올라가는 골목시장 입구에 자리하고 있다. 이제 서울에는 커피숍이라는 이름으로 고급스러운 시설과 원두커피라는 이름으로 팔리는 비싼 커피에 밀려 사라질 위기에서 근근이 버티고 서 있는 다방이지만, 그래도 길다방은 아직 시장 사람들에게 사랑을 받고 있다.

시장 사람들은 흰자를 제거하고 노른자만 띄워 주는 커피와 흰자로 프라이를 만들어 아침 간식으로 주는 길다방의 서비스에 시장 사람들은 만족해하며 하루 일과를 시작한다.

강철민은 약속된 길다방 문 앞에 서서 긴 한숨을 쉬고 문을 살며시 열고 안쪽을 둘러본다. 사물을 둘러보기엔 너무나 어둡다. 안으로 들어가 문 앞에 잠시 서서 사방을 둘러보자 사물이 드러난다. 흘러간 대중가요 노랫소리가 정겹게 들려온다. 색이 바랜 벽지 테이블 사이에 쳐놓은 나무로 된 가림막이 언제부터인지 알 수 없지만 물이 말라 물고기가 사라진 빈 어항이 삭막해 보인다. 그러나 손님들은 관심이 없는 듯 정겨운 대화를 나누며 즐거워하고 있다. 다방 아가씨도 손님들과 대화를 나누며 자지러지도록 웃고 있다.

강철민은 사방을 두리번거린다, 창가에 앉아 밖을 바라보고 있는 여인에게로 시선이 멈춘다. 아름다운 여인이라고 생각을 하고 있다. 자신이 만나야 할 사람이라면 얼마나 좋을까 하고 생각을 해 보지만 이내 머리를 저어 버린다. 슈퍼 아주머니가 보이지 않았기 때문이기도 하지만 자신이 다가가기엔 너무나 멀리 서 있는 여인이라는 생각 때문이다. 그러나 잠시 동안이지만 그 여인이 자신의 생각 속에 머물러 있었다는 행복감이 느껴온다. 다시는 보지 못하겠지만 강철민의 기억 속에 잠시나마 함께 하였다는 생각을 하는데 등 뒤에서 슈퍼 아주머니의 목소리가 들려왔다.

"총각, 나왔군. 들어가자고."

강철민은 깜짝 놀라며 뒤를 따라 들어갔다. 슈퍼 아주머니가 여인이 있는 곳으로 다가가는 것을 본 강철민은 놀라 걸음을 멈춘다. 두 눈을 몇 번이고 감았다 떠 보지만 슈퍼 아주머니가 창가의 여인 옆자리에 앉는다. 강철민의 가슴이 요동을 친다. 순간 절망과 기쁨이 교차한다. 그러나 기쁨은 잠깐이고 절망감의 깊은 나락으로 떨어진다. 보잘것없는 자신을 보고 실망할 것이 분명하기 때문이다.

여인이 자리에서 일어나 슈퍼 아주머니에게 반갑게 인사를 한다. 강철민은 다가가 여인의 앞자리에 앉는다. 여인의 미소를 본 강철민은 다소 안도감을 갖는다.

"총각 긴장 풀어요. 저런 모습이 마음에 든다니까."

옆에 앉아 있던 여인이 그 말을 듣고 얼굴에 미소를 한 겹 더 올려놓고 있다. 여인의 모습을 본 강철민은 초라한 자신의 미소를 감추려고 시선이 여인의 머리 위를 지나 들어오던 문 쪽으로 향해 있다.

그러나 시간이 지나자, 자신도 모르게 마음이 편해짐을 느낀다. 그것은 남자에게 부여된 욕망인지도 모른다. 호박이 넝쿨째 굴러들어 오고 있다는 생각이 그것을 증명해 주고 있다.

"쥐구멍에도 볕 들 날이 있다"라는 속담이 이런 일을 두고 한 이야기 같다는 생각도 들었다. 꿈을 꾸고 있는 듯 온몸이 허공에 떠 있는 기분이다.

강철민은 여인과 마주하고 있다는 생각에 맥박이 빨라지고 얼굴이 뜨

겁게 달아오른다. 무슨 말부터 꺼내야 할지 생각이 나지 않는다. 바보 같은 자신의 모습이 너무도 초라해 도망이라도 치고 싶지만 몸이 말을 듣지 않는다. 이런 것이 사랑인지도 모른다는 생각에 여인 앞에서는 영원히 바보가 되어도 좋다는 생각을 한다. 슈퍼 아주머니가 싱글벙글 웃으며 두 사람을 번갈아 본다.

"미스터 강. 앞에 있는 아가씨 내 조카야. 내가 이모야."

"예."

강철민은 슈퍼 아주머니가 여인의 이모라는 이야기에 한 대 얻어맞은 듯 머릿속이 뒤엉켜 혼란스럽다. 그러나 한편으로는 이모라는 이야기에 감사하고 있다.

"총각 잘 좀 부탁해요. 그리고 나의 임무는 여기까지야. 이제 둘이서 잘해 봐요."

그리고 총총히 사라진다. 슈퍼 아주머니의 조카딸이라는 이야기에 자신을 3년간이나 지켜봤다는 이야기가 떠올랐다. 최고 신랑감이라는 말도 떠올랐다. 그런 슈퍼 아주머니의 조카딸이라면 이미 자신에 관하여 모든 것을 다 알고 나왔을 거라는 확신에 강철민이 태어나 처음으로 느껴 보는 행복한 순간이었다.

강철민이 자리에서 일어나 슈퍼 아주머니 뒤를 따라 문밖까지 나가서 바라보지도 않는 이모에게 허리를 굽혀 인사를 하지만 뒤도 돌아보지 않고 오른손을 높이 치켜들고 즐거운 시간이 되라고 소리치며 멀리 사라지고 있다. 강철민은 한번도 여자 앞에서 자신의 이름 석 자를 소개해 본 적이 없었다. 결혼이라는 것 자체가 자신과는 어울리지 않는 꿈같은 일이라며 스스로 독신주의라는 궁색한 변명을 했던 자신이 한 남자로 한 여자 앞에서 당당히 말하고 있는 모습에 놀라고 있다. 사랑의 힘인지 여인을 놓치고 싶지 않다는 욕심 때문인지 알 수는 없지만, 분명한 것은 슈퍼 아주머니로부터 최상의 선물을 받았다는 것에 흥분되어 있었다.

"강철민입니다."라고 자신을 소개하자 여인도 오영미라고 했다.

"정말 아름답습니다. 영미 씨."

강철민의 그 한마디에 여인의 얼굴이 붉어지고 있다.

"영미 씨. 천사가 내려와 앉아 있는 줄 알았습니다."

영미가 아무런 말도 없이 고개를 숙인다.

"이모님에게 들어서 아시겠지만 전 가진 것도 없고 배운 것도 없는 사람입니다. 실망하지 않았는지요?"

"이모님 가게에 오셨을 때 몇 번 본 적이 있어요. 그때마다 칭찬을 많이 하시던데요."

"그럼 저 영미 씨에게 퇴짜를 맞은 것은 아닌가요?"

"오히려 저에 관하여 아무것도 모르잖아요. 저도 피붙이 하나 없는 외로운 사람이에요. 부모님은 제가 5살 되던 해에 돌아가시고 이모님이 키워 주셨습니다. 어머니나 다름없어요. 그런 이모님이 소개해 주시는데 어찌 퇴짜를 놓겠습니까?"

"정말 감사합니다."

영미의 이야기를 듣고 난 강철민은 이제 자신의 여인이 되었다는 생각에 모든 근심이 사라지고 오직 슈퍼 아주머니와 영미에게 감사하는 마음에 사로잡히고 있었다. 과거의 열등감과 미래의 불안은 어디로 사라지고 오직 행복하다는 생각뿐이다.

맞선을 보고 지나는 동안 강철민은 바람이 가득 찬 풍선처럼 행복감에 흠뻑 젖어 하늘에 두둥실 떠다니는 기분을 억제하지 못했다. 강철민은 영미 이모의 슈퍼에 하루도 빠지지 않고 들러 감사 인사를 했다. 영미 이모가 간소하게 결혼식을 올리면 어떤지 물어 왔다. 강철민의 처지로는 자신을 배려한 처사라고 생각하고 이모님의 뜻에 따르겠다고 했다.

결혼식에 하객이라고는 가족 몇 명과 회사 직원 몇 명에 불과했지만 두 사람에게는 행복한 결혼식이었다. 호텔이나 해외여행은 아니지만 그래도 이모님이 제주도로 여행을 주선하여 주었다. 모텔에 여장을 푼 행복한 신혼여행이 시작되었다. 석양이 물든 바닷가로 나가 영원한 사랑의 맹세도 하고 대중음식점에서 저녁 식사를 하면서 맥주 한잔에 사랑을 위한 축배도 들었다.

이제 두 사람은 더 이상 부러울 것이 없는 한 쌍의 부부가 되어 행복감에 젖어 있다. 모텔로 돌아온 두 사람은 잊고 있던 피로가 밀려왔다. 이제 부부의 연을 맺는 마지막 관문이 그들을 기다리고 있었다. 영미가 먼저 목욕을 마치고 화장대에서 머리를 말리고 나서 가벼운 화장을 하고 있는 영미를 보고 있던 강철민은 행복감의 표현으로 휘파람을 불며 목욕탕으로 들어갔다. 이것이 현실인지 확인을 하기 위해서 거울을 보며 자신의 뺨을 꼬집어 본다. 현실이라는 것이 확인되자 세상을 다 얻은 듯 기쁨에 젖어든다. 목욕을 마치고 소파로 다가가자 영미가 캔 맥주를 따서 준다. 자신도 한 캔을 들고 바라보자 강철민은 건배를 제의한다.

"영미 씨와 강철민의 사랑과 미래를 위해서"

강철민이 소리치자 두 사람은 맥주 캔을 부딪혔다. 한 모금 마신 강철민은 맥주를 탁자 위에 내려놓고 영미 곁으로 다가가 어깨에 손을 얹고 살며시 잡아당겼다. 영미가 자석처럼 강철민의 가슴속으로 빨려들어 왔다.

"사랑해요, 영미 씨."

영미가 대답 대신 강철민의 가슴에 얼굴을 묻은 채 숨소리만 들려왔다. 강철민이 리모컨을 들고 전원을 끄자 영미가 고개를 들었다. 마음이 급해진 강철민이 영미를 불끈 들어 안아 침대 위에 살며시 내려놓았다. 영미가 이제 당신 것이니 마음대로 하라는 듯 두 눈을 감고 있다. 강철민은 옆에 누워서 다시 힘을 주어 끌어안는다. 둘은 행복감에 젖어 말이 필요 없다. 강철민은 자신의 입술을 영미의 입술에 살며시 포갰다. 강철민의 오른손은 이미 영미의 잠옷 단추를 풀고, 터질 듯이 부풀어 오른 하얀 젖가슴을 살며시 만지고 있다. 강철민은 자신의 욕정이 더 이상 참기 어려운 지경에 올라 온몸에 전율을 느낀다. 상체를 일으켜 옷을 벗어 침대 아래로 내던지고 영미를 끌어안으며 풀어진 상의와 하의를 벗기자 알몸이 된 영미의 은밀한 곳까지 노출되었다. 강철민은 순간 아랫도리가 이상해져 있음을 느낀다. 조금 전과는 달리 발기되었던 그곳이 힘이 없이 고개를 숙이고 있었다. 피로해서 그런가 하고 영미의 몸에서 떨어져 천정을 보고 누웠다. 그리고 다시 자신의 욕정을 일으키려 하여도 소용이 없다.

"영미 씨 미안해요. 내가 피곤한가 봐요."

"저도 피곤해요. 잠자고 싶어요."

가슴에는 불같은 사랑이 타오르는데 그곳이 죽어 살아나지 않으려고 한다. 강철민은 생각에 잠기며 눈을 감았다. 영미가 피로했는지 이내 잠이 들었다.

두 사람은 새벽같이 일어나 해 뜨는 것을 보며 소원을 빌기 위해서 바닷가로 나갔다. 어둠 속에 묻혀 많은 사람이 모여 있었다. 바람도 잠들고 파도도 잠든 바다 위에 어둠이 조금씩 걷히며 끝없이 펼쳐진 수평선 끝자락에서 피보다 진한 빨간 광채가 피어오르기 시작했다. 모두 긴장감에 숨을 죽이고 시선을 한 데로 집중하고 있다. 태양은 바닷속에 숨어 있다가 수면 위로 떠오르며 자신의 모습을 드러내기 시작했다. 빨간 광채가 더 선명하고 높고 넓게 퍼져 나갔다. 상상하던 모습보다 크고 붉게 타올랐다. 모두 기원보다 함성이 먼저 터져나왔다. 그리고 소원을 빌었다. 물속에서 떠올라 하늘 높이 날아가는 태양은 많은 사람의 소원을 담고 어둠을 밝히며 점점 하늘 높이 올라갔다.

신혼여행에서 돌아온 지도 벌써 한 달이 지나가지만, 변화의 기미를 보이지 않아 가슴이 답답해 견딜 수가 없다. 더욱 견디기 어려운 것은 영미가 언제까지 자신은 이해하고 기다려 줄까 하는 불안감이 괴롭히고 있다. 강철민은 비뇨기과 의사를 찾아가기로 한다. 성불구자가 아니라는 생각은 자신만의 생각이기 때문에 비뇨기과 의사의 진단을 받기 위해서다. 그리고 영미에게 정상이라는 것을 확인시켜 주어야 한다는 생각 때문이다. 비뇨기과 의사가 몇 가지 검사를 마친 후 기능적으로 이상이 없다며 정상이라고 한다. 그리고 정신과 의사를 찾아가 진찰을 받아 보라고 한다.

"선생님 정신과요, 제가 미쳤다는 겁니까?"

"아닙니다. 정신과에 미친 사람만 가는 곳이 아닙니다."

"그럼 멀쩡한 사람도 갑니까?"

"멀쩡한 사람이 가는 곳은 아니지만 분명 당신을 도와줄 겁니다."

"무슨 문제를요?"

"지금 당신은 무엇 때문에 저를 찾아왔습니까? 그 문제를 정신과 의사가 해결해 줄 겁니다. 지금 당신은 정상적인 기능을 가지고 있지만, 실제 성행위에 있어서 장애를 느끼고 있지 않습니까. 그 문제를 해결해 줄 곳입니다. 부담 갖지 마시고 도움을 청해 보세요. 좋은 결과가 있을 겁니다."

그 후에 비뇨기과 몇 군데를 찾아 진찰을 받아 봤지만 모두가 똑같은 대답이다. 자신에게 정신과 치료를 받으라니 영미에게 어떻게 설명을 해야 할지 난감했다. 이제 모든 것이 다 끝장이라는 생각에 처음부터 어울리지 않는 행복이라는 생각에 잠긴다. 강철민은 비뇨기과 의사가 정상이라고 한 말만 전하고 정신과 치료에 관해서는 함구하고 만다.

"영미 씨, 비뇨기과에서 정상이래요."

지금껏 아무런 말도 없던 영미가 안타까운 시선으로 바라보며 위로의 말을 한다.

"너무 괴로워하지 마세요. 정상이라는 진단이 나왔는데 무슨 걱정이세요. 몸이 허해서 그러니 한방에 가서 진맥을 받고 보약이라도 한 재 지으러 갑시다."

강철민은 그런 영미에게 정신과 이야기를 할 수 없어 끝내 입을 다문다. 결혼한 지도 두 달이 지나간다. 신혼여행에서 돌아와 첫날밤 행사를 치르지 못한 죄책감에 슈퍼 아주머니를 찾아가 보지 않았다. 정확히 말하자면 볼 면목이 없어 피하고 있었다. 아직 두 사람이 신혼 재미에 빠져 자주 오지 못할 거라고 믿고 있는 이모에게 들려줄 말이 없기 때문이다. 거짓말이나 변명 같은 것은 하고 싶지가 않아서다. 슈퍼 아주머니가 전화가 걸려 왔다. 한번 들러주지 않는다고 섭섭하다는 전화다. 그리고 아이에 관한 소식도 궁금한 것 같았다. 어머니처럼 평생 감사하고 살겠다던 마음이 아직도 살아 있는데 박복한 자신의 탓에 괴로워해야 하는 처지가 원망스러울 뿐이다. 영미 하나도 행복하게 만들어 주지 못하는 주제에 이모까지 생각할 여유가 없다. 큰 것 바라지 않고 서로 아끼고 사랑하며 사는 모습만 보여 주어도 기뻐할 이모에게 너무도 큰 실망을 안겨 주는 자신이 너무도 괴로웠다. 속이고 있는 것도 죄송스럽지만 영미가 자신과 동반자가 될 수 없다면 하루라도 빨리 도망이라도 치고 싶다는 생각은 못 할 게 없다는 생각이 들었다. 강철민은 군대 시절 동료들과 함께 창녀에게 동정을 바칠 때를 기억해 내고 있다. 분명히 그때는 정상적이었다. 영미 몰래 자신을 시험해 보기로 마음 먹고 창녀에게로 갔다. 강철민은 놀라고 있다. 정상적으로 행위가 이루어지고 있기 때문이다. 그러면 영미를 사랑하지 않는단 말인가? 분명히 그것은 아닌데 어찌

된 일인지 미쳐버릴 것 같은 심정이다. 그럼 이제 영미와의 성행위도 정상적으로 이루어질 수 없단 말인가. 희망을 가지고 집으로 돌아왔지만, 그러나 그날 밤도 영미를 실망시키고 말았다.

강철민은 막다른 길목에서 선택의 여지도 없이 도살장에 끌려가는 짐승같이 다면적 심리 검사 결과를 보기 위해 정신과 진찰실로 들어선다. 정신과 의사가 검사 내용을 소리 없이 읽어 내려간다. 그리고 정신과 의사가 검사 결과를 설명한다.

"지금 불안 신경증 증상을 보이고 있습니다. 본능으로부터 위협을 의식할 때 충동적인 행위를 시도하려는 본능의 대상, 즉 집중을 제어하지 못함으로써 발생할 수 있는 사건을 두려워하는 현상으로, 다소 불안한 환경이 조성될 경우, 쉽게 빠져들어 가는 신경성 불안을 말합니다. 이 유형의 불안은 어떤 감당 못 할 무서운 일이 터지지나 않을까? 늘 걱정하는 불안입니다. 대다수 검사 소견에서 나온 유형은 같지만, 불안을 조성하는 문제점은 모두 같은 것은 아닙니다.

"그럼 저의 문제점은 무엇일까요?"

"그것은 당신만이 알고 있는 문제입니다. 그러나 현재로서는 당신도 자신의 문제점을 의식하지 못하고 있기 때문입니다. 분명 자신의 과거의 행적과 밀접한 관계가 있는 것은 분명하기 때문입니다."

강철민은 이해가 되지 않는 듯 아무런 대답도 없이 다음 이야기를 기다린다.

"당신만이 알아낼 수 있는 무의식적인 내적 갈등이 당신의 성생활을 방해하고 있다는 이야기입니다."

"저도 모르는 일이라고요?"

"예. 이제부터 무엇인지 알아봐야지요. 분명 당신의 의식 속으로 지나갔던 일인데 지금은 무의식 속에서 숨어서 당신을 괴롭히고 있습니다. 이제부터 문제 해결을 위하여 하나하나 생각을 더듬어 봅시다."

"알겠습니다."

"보석 같은 부인을 만났는데 무슨 이유로 첫날밤 행사를 치를 수 없었을까요? 이유가 있을 것 같은데 잘 생각해 보세요."

강철민은 무엇이라도 생각해 내려고 한참을 미동도 하지 않고 있었다. 정신과 의사가 다시 물었다.

"부인도 당신을 사랑한다고 믿습니까?"

"예."

"그럼 아무런 문제가 없다는 이야기 아닙니까?"

강철민은 대답 대신 고개를 숙인다. 정신과 의사가 들었던 이야기를 정리하고 있다. 과분한 여인을 만난 것이 문제가 되고 있다는 결론을 내린다. 일종의 자격지심이 발동하는 불안 신경증이다.

"아직도 너무도 과분한 여인이라고 생각합니까?"

"예."

"그럼 언제라도 당신이 실수가 있다면 행복은 깨질 거라고 생각하겠군요?"

"예."

"무슨 문제일까요? 지금 문제는 성적인 문제로 찾아오신 거지요?"

"예."

"그럼 그쪽을 생각을 해 보아야 할 것 같습니다."

강철민은 심각한 표정을 지으며 생각에 잠긴다.

"그럼 과거 군 생활 중에 창녀와의 일을 알까 봐 신경을 쓰나요?"

"아닙니다. 제가 말을 하지 않으면 알 수가 없을 테니까요."

"그것은 혼전 이야기인데 왜 신경을 쓰나요? 그리고 본인이 말을 하지 않는다고 해도 다른 방법으로 알게 될 수도 있지 않을까요?"

"강철민은 정신과 의사가 다른 방법으로도 알 수가 있을 수가 있다는 이야기에 잃어버렸던 물건을 다시 찾기라도 한 듯 말했다.

"선생님 신혼여행 중에 목욕을 하면서 창녀와의 일이 생각난 것 같아요."

"무슨 말인지 자세히 설명해 주세요."

"친구가 군에서 성병인 매독에 감염되어 잠복하고 있는 줄도 모르고 제대 후 결혼하여 살다가 부인에게 전염되어 헤어진 일이 있습니다. 혹시 나도 감염되어 있어 영미에게 전염시키는 것 아닐까? 하는 생각이 들었어요. 그때 갑자기 발기되었던 그곳이 고개를 숙인 것 같아요.

"바로 원인은 무의식에 숨어 있는 창녀와의 관계였던 것 같군요. 이제 원인을 알았으니 해결이 되었다고 봅니다."

그리고 또 한 가지 풀어야 할 문제가 있습니다.

"부인에 관한 일입니다. 영미라는 여인을 사랑한다고는 했지만 내가 보기에는 영미라는 여인을 넝쿨째 굴러 들어온 보석 같은 여인으로 남의 물건을 소유하고 있는 것 같이 언제든 주인이 나타나 찾아가지 않을까? 하는 불안감을 지워 버리지 못하고 있는 것 같습니다. 그것은 영미에 대한 사랑이라기보다는 탐욕일지도 모릅니다. 열등의식을 등에 메고 살아온 과거를 버리지 못하고 살고 있는 자신을 한번 되돌아보세요. 그것은 첫날밤에 스쳐 지나간 성병에 관한 근심이 말해 주고 있습니다. 작은 실수가 언제든지 용서받을 수 없는 결과를 가져올 거라는 불안감이 내적 갈등이 되어 당신을 괴롭히고 있기 때문입니다."

"지금은 그런 생각을 하지 않는데요?"

"내적 갈등은 대부분 무의식 속에 숨어 있기 때문입니다."

"그럼 어떻게 하면 될까요?"

"성병의 불안은 비뇨기과에 가서서 검사를 해 보면 쉽게 해결을 할 수가 있습니다. 그 결과에 따라 비뇨기과 의사가 해결해 주겠지요. 지금부터는 당신이 만들어 낸 열등의식부터 바꾸어야 합니다. 그렇지 않으면 평생 불행을 안고 가야 하는 힘든 삶이 되겠지요. 보물 같은 영미 씨를 위해서 부인과 함께 병원에 내원하여 상담 치료를 받는 것이 좋을 것 같습니다. 너무 크게 생각하지 마세요. 꼭 도와드리겠습니다."

"집사람도 함께 받아야 합니까?"

"물론입니다. 두 사람 다 그동안 고통을 받지 않으셨습니까? 의문의 문제는 풀어야지요. 그것이 바로 가족 요법입니다. 그리고 부인은 당신의 문제를 풀기 위한 협조자일 뿐입니다. 그리고 성병의 문제는 당신과 나만이 아는 비밀로 남겨 둘 겁니다. 그 일은 혼전 일이니까요. 그리고 비뇨기과 의사가 검사를 하고 문제를 해결해 주면 당신도 그 수렁에서 벗어날 테니까요. 그럼 안심하고 마음껏 사랑을 누리시면 됩니다. 이제 작은 남자에서 큰 남자가 되는 겁니다. 당신은 지금 영미라는 여인을 만나 기쁨과 행복을 얻었지만 실제로 현재 당신의 그릇으로는 담을 수가 없는 작은 그릇에 담으려 하기 때문입니다. 다시 말해서 양푼에 담아야 할 물건을 작은 종기에 담으려 하기 때문입니다. 당신은 이제 종기가 아닌 양푼이 되어야 합니다. 당신은 보석 같은 부인을 얻었으니 그 보석을 담을 수 있는 그릇이 되어야 합니다. 작은 남자에서 큰 남자가 되어야 합니다. 사랑하는 영미 씨를 위해서 오늘 첫날밤의 성공을 위해 미리 축하드립니다."

정신병동24시

길 위에 선 여자

「길 위에 선 여자」 2011년 7월호 순수문학

안명숙이 정신과 병동에 입원하여 일주일이 지나가고 있지만, 입원 첫
날과 아무런 변화를 보이지 않고 있었다. 아무것도 보려고 하지 않았고
아무 말도 하지 않았다. 그리고 아무런 말을 들으려고 하지 않았다. 오
직 혼미와 경직된 상태로 허공만 응시한 채 누워 있었다. 모든 것이 정
지된 시체처럼.......

　회진을 위해서 강 박사 일행이 안명숙 환자가 입원한 병실로 들어갔
다. 강 박사가 안명숙 환자의 손은 잡고 살며시 흔들며 이름을 불렀다.
아무런 반응을 하지 않았다. 강 박사가 잡고 있던 손을 위로 들어 팔이
일직선으로 천정을 가리키게 하고 손을 놓았다. 안명숙 환자는 두 팔을
들고 벌을 서는 사람처럼 그대로 들고 있었다. 자신의 모든 것을 스스로
움직이려 하지 않았고 거부하지도 않았다. 눈동자도 정지되고 생각도 정
지되어 있다. 숨소리도 들리지 않았다. 강 박사가 안명숙 환자의 손은 원
위치로 내려놓고, 뒤따라 들어온 레지던트, 인턴, 그리고 간호사 쪽을 바
라보며 안명숙 환자 담당 주치의가 누구인지를 물었다. 레지던트 4년 차
인 닥터 윤이 환자 앞으로 다가서며 자신이라고 했다.

"그래요. 환자 상태를 한번 설명해 보세요."

닥터 윤이 환자 진료기록부를 보면서 설명을 했다.

"안명숙 환자 병명은 긴장형 정신 분열증으로 진단되어 있습니다."

"어느 선생님 초진 환자인가요?"

"정 과장님의 초진 환자입니다."

"그래요. 긴장형 정신 분열증의 증상과 치료 과정을 설명해 보세요."

강 박사는 레지던트 4년 차인 닥터 윤이 전문의 시험이 얼마 남지 않았다는 것을 의식한 듯 얼마나 열심히 공부를 했는지 테스트를 하기 위해서 질문을 던졌다.

"긴장형 정신 분열 환자들이 보이는 증상으로는 일시적인 운동 중단에서부터 굳은 자세로 꼼짝하지 않는 것까지 그 정도가 다양합니다. 처음에는 어떤 활동이 멍청한 것처럼 보이다가 곧 전반적인 부동 상태가 되어 전혀 자극에 반응이 없는 상태가 됩니다. 그리고 식사를 거부하거나 대소변을 옷에다 싸거나 옷 갈아입기, 자리에서 일어나기 등을 완전히 회피하기도 합니다."

"안명숙 환자가 교통사고 때문에 입원한 환자가 아닙니까?"

"예. 교통사고 환자입니다."

"단순 교통사고로 말미암은 긴장형 정신 분열증이라, 닥터 윤은 어떻게 생각합니까?

"아직은 무어라 단정 지을 수는 없지만, 경직과 혼미 증상 외에는 별다른 증상은 아직 보이지 않고 있습니다. 그리고 중요한 것은 교통사고 때문에 뇌 손상이나 그 외 다른 신체상의 손상 부분이 전혀 없다는 겁니다. 만약에 경미한 뇌진탕이 있었다고 해도 안명숙 환자가 보이는 증상은 이해하기가 어렵습니다. 그렇다면 교통사고보다는 자신이 가지고 있는 지병으로 볼 수도 있다는 겁니다. 그러나 아직은 무어라 단정 지을 수는 없습니다. 아주 특별한 케이스로 신중히 접근해야 할 것 같습니다. 그리고 환자가 반응을 보이지 않는다고 전혀 의식이 없는 것이 아니기 때문에 치료자들은 환자 앞에서 언어나 행동에 조심해야 합니다. 그리고 치료에 있어서 약물 치료를 하면서, 경직된 상태가 너무 오래토록 유지된다면 전기 충격 요법도 시행할 수 있습니다. 더욱 중요한 것은 결식에 따른 환자의 영양 결핍을 막기 위한 세심한 조치입니다. 심신이 극도로 쇠약해지면 사망할 수도 있기 때문입니다."

강 박사는 닥터 윤의 설명에 만족해하며 다른 환자의 병실로 옮겨 갔다.

안명숙은 어린 아들을 등에 업고 집 앞 작은 공터로 나가 배회하는 습관이 있었다. 언제부터인지는 정확히 알 수 없지만 꽤나 오래된 것은 분명했다.

자신을 의지하려는 일종의 종교적인 의식처럼 되어 버렸다. 공터로 나가는 시간은 언제나 같았다. 남편은 언제나 같은 시간에 퇴근을 했다. 가끔 제시간에 오지 않을 때는 술에 취해서 들어 왔다. 그러나 한 달에 한두 번이었다.

오늘도 안명숙은 아들을 등에 업고 공터로 나갔다. 전에 볼 수 없던 군용 짚 차 한 대가 서 있었다. 차 안에는 아무도 보이지 않았다. 안명숙은 지프차 둘레를 한 바퀴 돌아본 후 언제나 같이 원을 그리며 공터를 배회했다. 공터를 배회하면서 신경이 집 앞 골목 어귀에 집중되어 남편의 모습이 나타나기를 기다린다. 그러나 시간이 되었는데 남편의 모습이 보이지 않아 마음이 불안해진다. 그리고 지프차 뒤로 돌아와 몸을 의지한 채 앞산을 바라보며 마음을 진정시키려고 애를 쓴다. 봄이면 고향 뒷산에 만발했던 진달래꽃을 생각하고, 가을이면 탐스럽게 익은 홍시를 보며 소원을 빌던 일을 기억해 낸다. 오늘따라 부모님과 동생들이 보고 싶은 생각과 한걸음에 달려가고 싶은 생각에 꼭꼭 눌러 참아야만 한다. 그러나 한번 누를 때마다 가슴속에는 자신을 괴롭히는 문자들이 쌓이고 있다. 어디론지 달아나지도 못하는 나약한 자신에 관한 혐오감도 날로 커져 가고 있다. 그리고 못난 자신을 누가 와서 흠뻑 때려 주길 원하고 있는지도 모른다. 그러나 안명숙 주위에는 등에 업힌 아들 외에는 언제나 아무도 없다. 그런데 오늘 공터에 서 있는 군용 지프차가 자신에게 행운을 가져다 줄 거라는 생각이 든다. 간절히 소망하고 있는지도 모른다. 그 순간 갑자기 군용 지프차가 후진을 했다. 운전병이 뒤에 사람이 있는 것은 알지 못한 것 같았다. 후진하는 차에 안명숙이 살짝 부딪혔다. 순간 내적 갈등은 안명숙을 의식의 영역에서 무의식의 영역으로 이동시키고 있었다.

'그래 이거야말로 내가 쉴 수 있는 좋은 기회야, 군용 지프차가 나를 도와주려고 이곳에 왔구나.' 하는 생각이 스쳐 가는 순간, 안명숙이 '악' 하는 소리와 함께 어린아이를 등에 업은 채 바닥에 얼굴을 묻고 쓰러졌다. 운전병이 비명 소리에 놀라 차에서 내려 여인 곁으로 다가가 어깨 쪽을 잡고 흔들며 불러 보았다. 정신을 잃은 듯 아무런 반응이 없다. 아이가 놀란 듯 울고 있었다. 운전병이 어린아이를 먼저 등에서 내려 차에 태우고 돌아와 여인을 차에 태우고 병원으로 이송했다. 그러나 다행으로 어린아이에게는 아무런 이상이 없다. 여인이 쓰러지면서 본능적으로 어린아이를 보호하며 쓰러진 것 같았다. 그러나 여인은 여전히 의식이 없다. 운전병은 사색이 되어 의사의 소견을 기다리고 있다. 그리고 사고 경위를 생각해 보지만, 정신을 잃고 누워 있는 상황을 이해할 수가 없다. 그러나 부정 못 할 상황에 애만 태우고 있다. 잠시 후 의사가 환자에 관한 설명을 했다.

"크게 다친 곳은 없습니다. 잠시 안정을 시키면 곧 정신을 차릴 것 같으니 기다려 봅시다."

운전병은 의사의 이야기를 듣고 다행이라는 생각을 하면서도 오늘은 재수 없는 날이라고 생각을 한다. 그런데 의사가 이상이 없다는 설명이 끝나자, 갑자기 환자의 코에서 피가 흘러내렸다. 그것도 조금이 아닌 많은 양이 시트 위를 시뻘겋게 물을 들였다. 의사가 당황하면서 여인의 자세를 바로 하고 있다. 코피가 입 안을 통해 기도로 들어가지 않게 하려는 응급조치였다.

여인은 자신이 피를 흘리고 있다는 의사의 말이 들려오는 순간 이제는 아무도 부인할 수 없는 환자가 되었다는 생각을 하며 깊은 혼미 상태로 빠져들었다. 현실을 도피하여 아무도 의식하지 않고 간섭받지 않는 자신만의 세계로 빠져들고 있다. 몇 시간이 지나 남편이 병원으로 왔다. 다급한 목소리로 이름을 불러보지만 아무런 반응을 보이지 않았다.

남편이 놀라서 어찌 된 일인지 의사에게 묻는다. 의사가 여인의 상태를 설명을 한다.

"안명숙 환자의 검사 결과 아무런 이상이 없는데 왜 코피를 흘리고 정신을 잃고 있는지 저로서는 더 이상 도움을 줄 수가 없을 것 같습니다. 제 소견으로는 심리적인 이유인 것 같으니 정신과로 이송하여 진찰을 받아보는 것이 좋을 것 같습니다."

의사가 정신과로 이송하라는 말에 남편이 부인을 정신병자 취급을 한다며 불쾌감을 표출하고 있다.

"왜, 정신과로 이송해야 합니까?"

"지금 환자가 보이고 있는 증상은 제 소관이 아닙니다. 정신과 소관이기 때문입니다."

남편은 자기 부인이 자동차 사고 때문에 정신과로 이송해야 한다는 것이 마음에 내키지 않았다.

"교통사고로 정신병이 생기는 일도 있습니까?"

"그 대답은 제가 답할 문제가 아닌 것 같습니다. 지금 부인이 보이고 있는 증상으로는 분명히 정신과 의사의 치료가 필요합니다."

의사의 단호한 설명에 남편도 정신과로 옮기는 것으로 동의하고 집으로 갔다.

며느리가 교통사고 때문에 정신과로 후송된 다음 날, 시아버지와 시어머니가 면회를 왔다. 닥터 윤은 시부모에게 환자 상태를 설명하고 면회를 시키기 위해서 병실로 갔다. 안명숙 환자는 여전히 혼미와 경직된 모습으로 누워 있었다. 시어머니가 며느리 손을 잡고 말을 걸어 보지만 아무런 반응을 보이지 않고 눈을 뜨고 허공만 응시하고 있다. 시아버지도 며느리 모습을 보고 걱정스러운 표정으로 말도 없이 지켜만 보고 있다. 더 이상 시간을 지체한들 환자에게 도움이 되지 않는다는 판단에 닥터 윤이 안명숙 환자 시부모님에게 자신의 방으로 갈 것을 요구했다. 그리고 며느리에 관하여 물었다.

"며느님이 예전에 큰 병을 앓은 적이 있나요?"

"아니요. 아주 건강한 편이었습니다."

"예전에 정신과에서 치료를 받은 적도 없으시겠네요?"

닥터 윤이 조심스럽게 묻는다.

"시집와서 그런 일은 없었습니다. 그러나 시집오기 전의 일은 알 수가 없지요."

"친정에는 연락을 하셨습니까?"

"아니요."

"왜 연락을 하지 않았습니까?"

"친정 부모님들을 한 번도 만난 적이 없습니다. 그리고 연락 전화번호도 모릅니다."

닥터 윤은 직감적으로 '시부모님과 문제가 있구나' 하는 생각을 하고 있었다.

"정식 결혼이 아닙니까?"

"무어라 이야기해야 할지 모르겠습니다."

"어떻게 된 일인지 자세히 말해 줄 수 있는지요?"

145

"예. 사실은 제 아들이 원하는 대학에 실패하고 재수를 한다면서 말썽 좀 부렸습니다. 결국 대학도 포기했습니다. 군대 생활을 마치고 돌아와서 제가 운영하는 공장에서 일을 했지만 별로 의욕을 보이지 않았어요. 그 후로 술을 자주 마시며, 남들과 싸우기도 하고 때론 집을 나가 방황하기도 했어요. 그러다 현재 마누라를 데리고 와서는 다짜고짜 둘이 결혼을 한다고 하여 반대를 했습니다. 며느리도 마음에 들지 않았지만, 아들놈도 믿을 수가 없었습니다. 그러나 자식 이기는 부모 없다고 조건부 승낙을 했습니다. 한 여인을 불행하게 만들지 말라는 것과 공장 일을 열심히 해야 한다는 조건을 달았지요. 그리고 두 가지 중에 하나라도 어기면 재산 상속도 하지 않겠다는 각서를 쓰라고 했더니 순순히 쓰더군요. 그리고 며느리가 될 아이에게 부모님한테 전화하여 한번 만나야겠다고 했더니 참석할 가족이 없다고 하더군요. 저도 이북피난민 출신이라 별 가족이 없어 몇 명의 친척만 모시고 결혼식을 올려 주었습니다."

"그런 사정이 있었군요."

"부끄럽습니다."

"별말씀을 다 하십니다. 아버지가 하시던 사업은 무엇이었습니까?"

"자동차 정비 사업이었습니다."

"지금은 아드님이 잘하고 있습니까?"

"예. 결혼하고 나서부터 지금까지는 아무 일 없이 잘하고 있습니다."

"그럼 아드님 부부 사이는 아무런 문제가 없겠군요."

"예. 그래서 며느리 덕분인 줄 알고 고맙게 생각하고 있습니다."

"그럼. 이제는 며느리로 인정하시는군요."

"그럼요. 아들이 제자리를 찾게 해 준 며느리인데 고맙게 생각하고 있습니다."

"지금은 아드님과 떨어져 살고 있으시지요?"

"예. 결혼시키고 저희들은 서울로 이사하여 따로 살고 있습니다."

"외아들인데 분가시킨 것에 무슨 이유라도 있습니까?"

"무슨 이유라기보다 서로 편히 살아야지요."

"이제 아드님에 관한 믿음이 확고해지셨나 봐요."

"벌써 3년 동안 별문제 없이 잘살고 있는데 믿어야지요. 며느리의 병이 아들과 무슨 관계라도 있습니까?"

"아닙니다. 혹시 문제가 있을 수도 있기 때문에 참고삼아 묻는 겁니다. 그리고 검사 결과 신체상으로는 아무런 이상이 없습니다. 저희들은 현재의 병 상태가 교통사고로 발생한 것은 아닌 것으로 보고 있습니다. 교통사고가 지금 병 상태를 보이는데 동기 부여를 한 것은 사실이지만, 실제 문제 발생 원인은 아닐 수도 있다는 겁니다. 그리고 며느님의 병을 고치기 위해서는 발병 원인을 알아야 하기 때문에 가족의 협조가 꼭 필요합니다."

"며느리 병을 치료하는 일이라면 협조를 해야지요."

"감사합니다."

닥터 윤은 시아버지의 이야기를 듣고 미궁으로 빠져들고 있다. 원인은 교통사고가 아니라는 생각과, 부부간의 갈등도 없고, 고부간의 갈등도 없기 때문이었다.

안명숙 씨가 교통사고로 병원에 입원하였다는 소식을 듣고, 동네 이웃에 사는 아주머니가 면회를 왔다. 닥터 윤은 가족들보다 더 중요한 정보를 들을 수 있다는 생각에, 면회를 시키기 전에, 동네 아주머니를 자신의 방으로 데려갔다.

　"아주머니 안명숙 씨와는 어떤 관계인가요?"

　"이웃에서 새댁을 동생처럼 여기며 사는 사이입니다."

　"그럼 아주 친한 사이로 속 깊은 이야기도 주고받는 사이군요."

　"예. 가능한 숨기는 것 없이 털어놓고 상의하는 사이입니다."

　"그럼 묻는 말에 아는 대로 말해 주시면 치료에 큰 도움이 될 것 같습니다."

　"예. 그렇게 하겠습니다."

　"안명숙 씨와 시부모님과의 사이는 어떻습니까?"

　"시부모님이 이북 개성 사람들로 자수성가한 사람들이라 아주 깐깐한 편입니다. 며느릿감으로 탐탁하게 여기지 않았던 것 같았어요."

　"이유가 무엇이라고 생각하십니까?"

　하나밖에 없는 아들이 결혼하겠다고 아버지에게 인사를 시킨 며느릿감이 가정이나 학벌 등 하나도 마음에 들지 않았을 겁니다.

　"그렇군요. 그리고 안명숙 씨가 결혼 전에는 고아라고 했다고 하던데요?"

　"그렇다고 하더군요. 결혼할 때는 시부모도 그렇게 알고 있었지만, 후일 시골에 가족이 살고 있다는 것을 알게 된 것 같아요."

　"알고 난 후, 안명숙 씨가 심적 고통을 많이 받았겠군요."

"아닙니다. 그런데 그 일로 시부모님이 크게 문제를 삼지는 않았던 것 같아요."

"그래요, 그런데 왜 거짓말을 했을까요?"

"후에 들은 이야기로는 시골집이 너무나 가난하여 가족이 있다고 해도 부모님이 혼수를 장만할 능력도 없고 부모님 걱정만 끼칠 것 같아 거짓말을 했다고 하더군요."

"결혼 후 마음고생이 심했겠군요?"

"시부모님 입장에서는 섭섭했겠지만 시간이 지나면서 아들이 일에 열중하고, 부부간에 별문제 없이 잘 살아가는 모습을 보고 지금은 며느리로 인정하며 잘 대해 주는 걸로 알고 있습니다. 그런데 시부모님을 늘 부담스러워했어요."

"무슨 이유일까요?"

"시부모님이 잘 대해 준다는 것이 이유였어요."

"그것이 이유가 될까요?"

"저도 잘해 주시면 좋은 거지 왜 부담이 되는지 물었더니 입을 다물었어요."

"결국 이유는 알지 못했군요."

"예. 그러나 사실 아들도 결혼 전에는 그리 착실한 편은 아니었습니다. 성격이 내성적으로 말수가 적은 편으로 남들과 잘 어울리지 못했고 술버릇이 나빠서 부모님 속을 썩이기도 했습니다."

"그런 아들이 결혼하여 잘살고 있으니, 며느리 덕이라고 여길 수도 있겠군요."

"그런 것 같아요."

"여러모로 협조해 주셔서 감사합니다. 많은 도움이 되었습니다."

닥터 윤이 자리에서 일어나 여인을 안명숙 씨 환자 병실로 안내했다. 여인은 누워 있는 모습을 보고 놀라고 있다.

"애기 엄마, 이게 무슨 일이야?"

하며 눈물을 흘렸다. 자신이 생각했던 것보다 훨씬 심한 모습 때문이었다. 자신을 알아보지 못하고, 시체처럼 누워 있는 모습을 보고, 여인이 닥터 윤에게 물었다.

"이게 어찌된 일입니까?"

"지금 안명숙 씨 병 상태가 교통사고로 말미암은 증상이기보다는 다른 문제에서 발생한 병으로 생각하고 있습니다. 병을 치료하기 위해서는 안명숙 씨에 관한 더 많은 정보가 필요합니다. 친정으로는 연락이 되지 않습니까?"

"친정 쪽 이야기는 워낙 하지 않아 저도 잘 모릅니다."

"그래요. 너무 낙심하지 마세요. 시간이 지나면 좋아질 겁니다."

여인은 잘 부탁한다는 말을 남기고 병실을 나갔다.

안명숙 환자 시아버지와 시어머니가 두 번째 면회를 왔다. 며느리의 병 상태가 조금도 변하지 않은 보습을 보고, 침울한 얼굴로 바라만 보고 있었다. 닥터 윤이 환자 이름을 불렀다.

"안명숙 씨, 시부모님께서 면회를 왔어요. 일어나 보세요."

닥터 윤이 말이 끝나자 알아들었다는 듯 상반신을 일으켜 세우며 말했다.

"당신이 누구인데 우리 시아버지 넥타이를 매고 있어."

상반신을 시아버지 쪽을 향하며 넥타이를 잡으려 하자 갑작스러운 며느리의 행동에 놀라 뒤로 물러섰다. 안명숙은 다시 시어머니 쪽을 보며 말했다.

"당신이 누구인데 왜 우리 시어머니의 옷을 입고 있어."

안명숙 환자가 시부모의 얼굴은 알아보지 못했다. 기억 속에서 지워버리고 없다. 그러나 넥타이와 한복은 기억 속에 남아 있었다.

"애야 너 나를 몰라보는 거니? 나 너의 시아버지다."

시아버지의 말이 끝나기도 전에 다시 침대 위에 쓰러지듯 누워 혼미와 경직 상태로 돌아가 아무런 반응을 보이지 않았다.

"선생님. 왜 넥타이는 알아보면서 시아버지는 알아보지 못하는 걸까요?"

"부분적인 기억 상실을 보이고 있습니다. 기억 상실은 망각이라고도 합니다. 어떤 특정한 사물에 관해서만, 또는 특정한 시기의 일에서만 나타날 수도 있고 모든 일에 광범위하게 나타날 수도 있습니다. 기억 상실증에는 심인성과 기질성 두 가지가 있는데, 지금 며느님은 심인성에 따른 기억 상실을 보이고 있습니다. 심인성 기억 상실증인 경우에는 기억 장애의 범위가 선택적으로 급격하게 나타났다가 회복이 순간적으로 이루어지기도 합니다. 이런 심인성 기억 상실은 자신으로서는 어떤 일이 기억에 떠오르는 것이 괴롭거나 불안을 야기시키기 때문에 고통으로부터 도피하기 위해 이루어지며 시효가 지나면 기억이 회복될 수도 있습니다.

역동 정신 의학적으로는 자신의 무의식 내에 잠재해 있는 여러 가지 억압된 콤플렉스에 따른 내적 갈등과 깊은 관계가 있다고 봅니다. 그러한 며느리의 감정 상태가 바로 넥타이는 알아보면서 시부모는 알아보지 못하는 기억 상실증을 유발시키고 있습니다. 그리고 그 제공자는 다양하기 때문에 무어라 이야기하기에는 어려우나 예를 들어 시부모일 수도 있고 남편일 수도 있다는 말입니다. 만약에 둘 다 아니라면 환자 자신만의 문제일 수도 있지만 원인 제공자가 있다는 겁니다.

"그게 누구일까요?"

"그 이유에 관해서는 우리도 환자 치료를 위해서 풀어야 할 숙제인 것 같습니다."

"치료는 될 수 있을까요?"

"무어라 단정을 지어 말할 수는 없습니다. 분명한 것은 환자에게 불안을 주는 요인이 어디에 있는지 알아내는 일이 중요합니다. 그리고 그 문제점이 무엇인지에 따라 해결할 수도 있고, 못할 수도 있기 때문입니다."

"원인을 알 수는 있을까요?"

"원인은 환자가 제일 잘 알고 있습니다. 언제 환자가 입을 열지 그것이 중요합니다. 그런데 왜 남편 분은 한 번도 오지 않습니까?"

"공장 일이 바쁜 모양입니다."

"그러나 환자 치료를 위해서는 남편 협조가 필요합니다. 한번 들러 달라고 하세요. 물어볼 이야기도 있고 환자에게 남편의 관심 있는 태도를 보이는 것이 치료에 도움이 됩니다."

"예. 알겠습니다."

닥터 윤이 안명숙 환자의 방을 찾아가 일방적으로 똑같은 말을 반복하고 있었다. 이번이 다섯 번째다.

"안명숙 씨, 지금 제가 하고 있는 이야기 다 듣고 있다는 것 알고 있습니다. 지금부터 제가 하는 이야기를 듣고 자신이 판단하여 행동을 해 주시기를 바랍니다. 언제까지 환자가 되어 병실 침대에 누워 있는다고 문제가 해결되는 것은 아닙니다. 그것은 잠시 잊을 수는 있어도 문제가 사라지는 것은 아닙니다. 현실 문제는 현실 속에서 해결을 해야지, 현실을 떠나 자신만의 세계로 도피한다면 더욱 문제를 악화시킬 수도 있습니다."

닥터 윤의 이야기에 아무런 반응을 보이지 않았다. 그러나 닥터 윤은 일방적으로 이야기를 계속했다. 세 살짜리 어린아이로 협박을 했고, 시부모의 이야기와 남편의 이야기를 했다.

"안명숙 씨, 지금 세 살짜리 아들이 어머니가 보고 싶어 울고 있는데 가엾지 않아요? 그리고 시부모님들의 걱정은 어떻게 할까요? 남편의 식사와 어린 아들 때문에 공장에도 나가지 못하고 있습니다. 무슨 문제가 있는지 모르지만 일어나 함께 상의하면 진심으로 도와드리겠습니다. 잘 생각해 보세요."

닥터 윤이 일방적인 말을 마치고 돌아서려 하는데 안명숙 환자가 잠에서 깨어난 사람처럼 자리에서 일어나 말을 했다.

"여기가 어디예요?"

"병원입니다."

"제가 언제 여기에 왔습니까?"

"벌써 몇 주일이 지났습니다."

닥터 윤의 이야기가 채 끝나기도 전에, 침대에서 내려와 세면대 앞으로 걸어갔다. 그리고 자신의 얼굴을 거울에 비춰보며 흐트러진 머릿결을 가다듬었다. 오랫동안 씻지도 못하고 먹지도 않은 자신의 모습이 보기 사나웠는지 얼굴을 찌푸리고 있었다. 닥터 윤이 간호사를 불렀다. 그리고 목욕탕으로 안내해 줄 것을 부탁했다.

"안명숙 씨, 정신 좀 나도록 씻고 나오세요."

안명숙은 아무런 대답도 없이 간호사의 안내를 받으며 욕실로 들어갔다.

몇 시간 후 닥터 윤이 다시 병실을 찾았다. 안명숙 환자가 침대 위에 앉아 창밖을 바라보고 있었다.

"이제 정신이 좀 드세요?"

"제가 왜 여기로 왔습니까?"

"기억이 나지 않습니까?"

안명숙 환자가 대답 대신 심각한 얼굴로 깊은 생각에 잠기고 있다. 닥터 윤은 생각할 시간을 주기 위해서 더 이상 말을 걸지 않고 병실을 빠져나오는데 안명숙 환자의 목소리가 들려왔다.

"군인 아저씨는 어떻게 되었나요?"

"군용 지프차에 사고 난 것을 기억하십니까?"

"예"

"군인이라 좀 난처하기는 했지만 큰 문제야 있겠습니까? 오히려 안명숙 씨에 관해서 걱정을 많이 하더군요. 그리고 시아버님이 군부대 관계자를 만나 잘 이야기한 걸로 압니다."

"안명숙 씨, 저에게 하고 싶은 이야기가 있을 것 같은데요."

안명숙은 대답 대신 침묵만 지키고 있었다. 그러나 닥터 윤이 물러서지 않았다.

"문제가 있으면 해결을 해야지, 숨기면 숨길수록 문제는 더욱 커질 수밖에 없습니다. 그런 일은 불행을 자초하는 길입니다."

여전히 아무 말도 하지 않았다.

"그러면 한 가지 물어보겠습니다. 왜 매일같이 같은 시간에 공터를 배회하였습니까? 분명히 공터와 자신의 문제가 연관성이 있는 것 같은데 제 말이 틀렸습니까?"

닥터 윤의 집요한 질문에 입을 열고 있다.

"선생님, 저는 매일 밤 악몽에 시달려야 했습니다."

"무슨 꿈인가요?"

"집을 나가 길 위를 걸어가는 꿈인데 언제나 같은 길이었어요. 그런데 똑같은 지점에 와서 자신의 모습을 보면 벌거숭이가 된 채로 길 위에 서 있는 거예요. 너무도 부끄럽고 무서워서 어쩔 줄 모르고 두 손으로 자신의 깊은 부분을 가리며 울고 있는 꿈이었어요."

"그래서 공터를 배회하셨군요."

"잘 모르겠어요. 공터를 나가지 않으면 불안하고 가슴이 터질 것 같았어요. 공터에 나가 앞산을 바라보면 고향의 품에 안긴 듯 저를 감싸

주었습니다."

"그렇군요. 그리고 단순 꿈 때문에만 불안한 것은 아닐 것 같은데요. 그 불안을 유발시키는 원인을 이야기해 보세요."

안명숙 환자는 여전히 핵심은 피하고 있었다.

"분명히 남편과의 문제인 것 같은데, 제 말이 틀렸습니까? 아니면 시부모님과의 문제인가요?"

시부모님의 이야기가 나오자 아니라고 강력히 부인을 하고 있었다. 그럼 남편문제라고 닥터 윤이 확신을 하고 있었다.

안명숙 환자가 정신을 회복하였다는 소식에 남편이 면회를 왔다. 닥터 윤이 외래진료 중이라 간호사에게 안내를 부탁했다. 안명숙 환자가 남편과 면회를 한 후 다시 경직과 혼미 상태로 돌아갔다. 시부모도 며느리의 병이 호전되었다는 소식에 면회를 왔다. 그런데 전과 다름없는 상태를 보고 놀라 닥터 윤에게 설명을 듣고 있다.

"우리도 알 수가 없는 일입니다. 분명히 경직과 혼미에서 깨어나 운전병 걱정을 하였는데 남편과 면회를 한 후 병세가 원점으로 돌아갔습니다. 남편과의 문제점이 있는 것이 분명합니다."

"무슨 문제일까요?"

"그것은 저희도 모릅니다. 남편과 며느리만 알고 있겠지요."

시부모가 돌아간 후 닥터 윤이 안명숙 환자 병실을 찾았다. 전과 같이 일방적으로 이야기를 남기고 나간 지 며칠이 지나 간호사를 통해 연락이 왔다. 닥터 윤은 기쁜 마음에 조금도 지체없이 병실로 달려갔다. 닥터 윤이 병실에 들어서자 침상에 상반신을 일으켜 세우고 앉아 있었다.

"일어나셨군요."

대답 대신 한참을 망설이다가 고개를 들며 이야기를 했다.

"남편이 다녀갔습니까?"

"기억이 잘 나지 않습니까?"

"꿈속에서 본 것 같아서요."

"왜 남편을 보는 순간 정신을 잃었는지 말해 줄 수 있는지요?"

안명숙 환자는 입을 다문 채 시선을 창문 쪽으로 피하고 있었다.

"남편과 무슨 문제가 있지요? 생각하기도 싫을 정도라면 보통 문제가 아닌 것 같은데 이야기해 보세요. 그래야 문제를 해결할 수가 있습니다."

안명숙 환자는 여전히 괴로운 표정을 지우며 침묵을 지키고 있다. 닥터 윤이 환자가 자신의 생각을 정리할 시간이 필요할지도 모른다는 생각에 더 이상 채근하지 않고 병실을 빠져나온다.

다음 날, 닥터 윤이 안명숙 환자의 방을 찾았을 때는 많이 안정된 모습으로 앉아 있었다. 집안일이 걱정이 되는지 퇴원을 요구했다. 닥터 윤이 안 된다고 했다. 아직은 문제가 해결되지 않았기 때문이라고 설명을 한다. 그리고 자신과 나누는 이야기는 둘만의 비밀로 아무에게도 하지 않는다고 말한다.

"안명숙 씨, 고향이 시골이라고 하던데 서울은 언제 올라왔어요? 그리고 자신에 관하여 이야기를 해 봐요."

"선생님, 저는 충청도 작은 마을에서 5남매 중 장녀로 태어났습니다.

우리 집안은 너무도 가난하였습니다. 해마다 닥쳐오는 보릿고개는 넘고 또 넘어도 가난의 끝은 보이지 않았습니다. 그래서 돈을 벌기 위해서 서울로 올라와서 먼 친척이 운영하는 식당에서 일을 했습니다. 그때 만난 남자가 제 남편입니다."

"손님으로 오셨다 안명숙 씨 미모에 반했나 봐요."

닥터 윤이 분위기를 띄우기 위해서 농담을 걸었다.

"아닙니다. 식당이 쉬는 날 시내 구경을 하기 위해서 동대문 운동장 앞을 지나는데 말을 걸어오더군요. 무서운 생각에 그냥 앞만 보고 뛰듯 걸어가는데 끝까지 따라왔어요. 식당이 동대문 근처에 있었습니다. 식당으로 들어가자 남자는 돌아갔습니다. 며칠 후 그 남자가 손님으로 찾아왔어요. 그 후 몇 번을 더 온 후, 식탁에 쪽지 한 장을 놓고 갔어요. 멀지 않은 다방에서 기다린다는 메모지였어요. 나가지 않자 몇 번을 놓고 갔어요. 그래서 나갔습니다. 저를 좋아한다고 했어요. 외롭던 저도 그리 싫지는 않았어요.

"그렇게 알게 되었군요."

"그 남자는 객지에서 외로운 저에게 잘해 주었습니다. 알게 된 지 몇 개월 후 남자가 저를 데리고 집으로 가 결혼하겠다고 했어요. 아무것도 묻지 않고 아버지는 반대를 했습니다. 이미 저에 관하여 아들에게 들었나 봐요. 당연한 일이지요."

"그런데 어떻게 결혼을 하셨습니까?"

"아들도 물러서지 않고 저와 함께 살림을 차린다고 집을 나왔다고 하더라고요."

"그래서 살림을 차렸나요?"

"아니요. 제가 안 된다며 집으로 돌아가라고 했어요. 돌아갔어요. 그후 한동안 소식이 없었어요. 그래서 집으로 연락을 했더니 시아버지가 받으면서 만나자고 했어요."

"그래서 만나 보았나요?"

"예."

"뭐라고 하던가요?"

"아들이 한 달 동안 집에 들어오지 않았다고 하더군요. 그리고 아들에게 연락이 오면 함께 집으로 오라고 했어요. 외아들이 걱정이 되었나 봐요. 그 후, 며칠 후에 남자가 찾아왔어요. 아버지 이야기를 했더니 알았다고 하면서 함께 가자고 하여 갔습니다. 아버지가 아들에게 일단 들어오면 생각해 보겠다고 하였습니다."

"그 후에 어떻게 되었나요?"

"별말도 없이 저를 며느리로 받아 주었습니다. 시부모님이 반대하는 것을 저는 이해를 합니다. 너무도 다른 환경에서 살고 있는 사람들이니까요."

"결혼생활이 힘드셨겠습니다."

"아니요. 생각보다는 달랐습니다. 만족하지도 않지만 구박받지도 않았습니다. 다만 어려웠던 것은 저 자신과의 싸움이었습니다. 일종의 자격지심이겠지요. 그리고 아들이 태어나면서 저 자신이 며느리로 인정을 받는 것 같았어요. 시부모님들도 잘해 주었고요."

"결혼 후 남편과 별문제는 없었겠지요?"

닥터 윤이 남편과 면회 후 병세가 나빠진 것이 남편과 문제가 있다는 생각에 이야기를 끌어내기 위해서 문제를 던지고 있다. 그러나 남편 문제에 관해서는 말문을 닫는다.

"안명숙 씨, 어차피 해결해야 할 일입니다. 그러지 않으면 병을 치료할 수가 없습니다."

여전히 말문을 열려고 하지 않는다.

"안명숙 씨, 과거는 과거일 뿐입니다. 그리고 현재는 미래를 위해 존재한다고 봅니다. 분명한 것은 어제보다 오늘, 오늘보다 내일이 더 소중한 날이 될 수 있다는 겁니다. 그러기 위해서는 과거에서 만들어진 버려야 할 문제점을 현재까지 가지고 있다는 것은 불행을 자초하는 길입니다."

닥터 윤의 이야기가 끝나자 안명숙 환자가 입을 열었다.

"부끄러운 이야기지만 선생님께서 이해하시고 들어주실 거라고 믿고 말씀드리겠습니다. 남편이 결혼하고 1년 동안은 가정과 일에 충실했습니다. 그런데 1년이 지나면서 조금씩 달라졌어요. 마음이 변해서 그런 것은 아니고 술버릇 때문입니다. 술을 먹지 않았을 때는 너무나 잘 대해 주었지만, 술을 먹으면 사람이 달라졌어요."

"술을 먹으면 어떻게 달라지나요?"

"별 이유도 없이 손찌검을 해요. 그러다가 아침에 술이 깨면 자신이 한 행동을 잘 기억하지 못하는 것 같아요. 그래도 조금은 기억하는지 아침이면 어제 내가 잘못했다고 울면서 빌어요. 술을 입에 대면 끝을 보나 봐요. 언제나 만취한 상태로 들어와요. 그렇게 몇 번을 하더니 자기가 술을 마시고 들어오면 맞지 말고 도망을 치라고 하더군요. 그래서 도망을 갔어요. 밖에까지는 따라나오지는 않더군요. 밖으로 도망을 나와 공터에서 배회하면서 많이 울었어요. 그때 공터에 나가는 버릇이 생겼나 봐요. 그런데 남편이 더 이상하게 변해 갔어요. 술 먹고 들어오면 문을 잠그고 옷을 벗으라고 하면서 알몸이 되게 하고 때렸어요. 도망을 못 가도록 하기 위한 것 같았어요. 그러나 그리 심하게 때리는 것은 아니었어요. 그런 행위를 하고 나면 손발이 닳도록 빌었어요.

"이유가 무엇일까요?"

"모든 것이 다 내가 부족한 탓이지요."

"그런 일이 있으면 시부모님에게 도움을 청하시지 그러셨어요."

"그렇지 않아도 시아버님이 아무런 일도 없느냐고 자주 물었습니다. 그러나 이야기는 할 수가 없었어요."

"말 못 할 이유라도 있습니까?"

"그것은 남편의 파멸을 의미하는 것이니까요."

"남편과 시아버지의 약속 때문인가요?"

"아니요"

"그럼 무엇 때문인가요?"

"부정할 수 없는 제 남편이고 애기 아빠이니까요."

"그렇군요."

"그리고 남편은 미웠지만, 저에게 너무도 잘해 주시는 시부모님을 실망시킬 수가 없었습니다."

"그 말이 무슨 뜻인가요? 그만큼 힘이 들었다는 이야기 같군요."

안명숙 환자는 부정도 긍정도 하지 않고 입을 다물었다.

"그래서 시부모님이 잘 대해 주는 것을 부담스러워하셨군요."

"예. 그러나 때론, 모든 것을 포기하고 싶을 때도 많았지만, 용기가 없었어요. 모든 것이 운명이라며 견디어 왔습니다."

"이제야 모든 의문이 풀리는 것 같군요. 안명숙 씨가 보여 준 증상은 평소에 억압된, 자신의 감정이 교통사고라는 합리화가, 외부로 표출되어 만들어진 것이었습니다. 자신의 남편과 시부모에게 부담을 주지 않고, 괴로운 자신을 자신만의 세계로 도피하려는 행위였지만 그것은 올바른 선택이 아니었습니다. 현실에서 만들어진 일은 현실에서 해결해야지, 아무리 현실에서 멀리 달아난다고 해서 문제가 해결되는 것은 아닙니다. 오히려 자신을 더욱 어려운 수렁 속으로 몰고 가는 어리석은 행위일 뿐입니다."

안명숙 환자는 입을 다문 채 아무런 대꾸도 하지 않았다. 닥터 윤은 안명숙 환자의 인생이 산 넘어 산이라는 생각을 하면서 병실을 빠져나왔다.

안명숙이 안정을 찾고 퇴원한 지 일주일이 지나 종전과 같은 혼미와 경직된 상태로 재입원을 했다. 그러나 남편은 오지 않았다. 시아버지가 환자 상태에 관해서 물었다.

"며느리가 재발을 한 건가요?"

"예. 아직 병을 유발시킨 원인이 해결이 되지 않아서입니다."

"무슨 말인가요?"

"아들과 며느리에게 아무런 말도 듣지 못했습니까?"

"무슨 뜻인지 자세히 말해 주세요."

"아드님의 결혼 생활에 문제가 없다고 하셨는데 문제가 있습니다."

"예. 무슨 문제인가요?"

"그것은 아들에게 물어보세요."

닥터 윤도 안명숙 씨에게 들은 이야기를 시아버지에게 전하지 못하고 입을 다물고 말았다.

우리 아빠가 최고야

「우리 아빠가 최고야」 2012년 9월호 순수문학

빈소리……. 나는 빈소리를 안 해도 될 말이라고 정의하고 싶다. 득보다는 실이 더 많기 때문이다. 때와 장소를 가리지 않고, 아무렇지도 않게, 스스럼없이, 자신의 기분에 따라, 떠들며 즐거워한다. 듣는 사람에게는 큰 상처가 될 수도 있다는 것을 아는지 모르는지….

　악의가 아닌 선으로 포장된 표현으로 이야기를 한다는 것이다. "김 주사님 둘째 딸 예쁘게 생겼어."라고 하면서 꼭 뒷말에는 하지 않아도 될 말이 따라붙는다. 예를 들면 눈, 코, 입, 신체상의 한 부분을 꼭 집어 그곳만 잘 생겼더라면 하는 약점을, 하지 않아도 될, 득이 안 되는, 빈소리가 꼭 따라다닌다.

　한 여인이 자신의 의사와는 관계없이 타의로 일해서 정신병동으로 옮겨졌다. 그러나 여인은 아무런 저항도 없이 자신에게만 충실했다. "우리 아빠가 최고야"라고 외치며 쉼표도 없이 병실을 헤매고 다녔다.

　첫 번째 외침은, 부드럽고 사랑스러운 목소리로 "우리 아빠가 최고야"라며, 잔잔한 호수 위를 떠다니는 백조처럼 주위를 배회했다. 두 번째 외침에는, 슬픔이 가득 서린 눈동자에 이슬 같은 눈물이 고였다. 세 번째 외침은, 분노가 서린 얼굴로 회전목마처럼 원을 그리고 돌아가던 동작이 망부석이 되어 허공을 응시했다. 그러나 아무에게도 자신의 외침을 전달하려 하지는 않았다. 오직 자신과의 힘겨운 대화일 뿐이다. 여인은 쉴 사이 없이 반복되는 행동에도 지칠 줄을 몰랐다. 그리고 여인은 금지 구역이란 없이 발길이 닿는 대로 앞으로 나아갔다 되돌아가기를 반복했다. 그러나 정신병동이라는 작은 공간으로 한정되어 있었다. 상담실 노 실장이 그리 멀지 않은 자리에서 여인의 행동을 따라 열심히 시선을 옮기고 있었다. 기쁨과 슬픔 그리고 분노가 쉴 사이도 없이 교차하는 모습에 그냥 지나치기에는 너무나 큰 아픔이 노 실장의 가슴으로 밀려들었다. 한참을 지켜본 노 실장이 여인의 진료 기록부를 천천히 읽어 내려갔다.

[이름-한지혜. 모 명문대 3학년. 병명. Schizophrenia 〈정신 분열증〉] 가족으로는 할머니와 아버지, 어머니와 언니, 그리고 남동생. 언니는 시집을 갔고 남동생은 초등학교 6학년이었다. 한지혜의 행동은 같은 병동에 함께 입원한 환자들로부터 불만의 소리가 이곳저곳에서 터지고 있었다. 일종의 야유였다.

"야, 너희 아버지만 최고냐. 우리 아버지도 최고야 조용히 좀 해."

"저 여자 독방에다 좀 가두면 안 되나요?"

"입에다 재갈을 물려 저 지겨운 소리 좀 하지 못하도록"

입원 중인 환자들이 저마다 한마디씩 불만을 토해 냈다. 그러나 환자들은 노 실장의 눈치를 살피며 강도를 높이지는 않았다. 노 실장은 마음속으로 자신들의 올챙이 적 시절을 모른다고 생각을 하지만 그래도 환자들에게 미안한 생각을 하고 있었다. 환자들의 야유에도 지혜는 아랑곳

하지 않고 첫 번째, 두 번째, 세 번째 행동을 반복해 돌아가고 있었다. 노실장은 지혜의 행동에 쉼표를 찍어 주기 위해 다가가 말을 걸었다. 단지 지혜만을 위해서가 아니고 다른 환자들의 불만을 잠재우기 위해서였다.

"지혜 씨, 아버지가 무척이나 훌륭한가 봐요?"

"그럼 우리 아빠가 최고야."라는 말을 남기고 자신의 행동에 열중했다. 노 실장도 여인의 행동을 따라 함께 움직였다.

"무엇이 그리도 훌륭한가요?"

다시 묻지만 남지혜는 아무런 대꾸도 없이 "우리 아빠가 최고야"라는 말만 되풀이하며 자신의 행동에 열중했다. 밤낮 구분도 없이 3일이 지나 갔다. 밤에는 독방에 갇혀서 좁은 공간을 배회했다. 얼굴에는 잠이 몇 겹으로 쌓여 있다. 아무것도 먹지 않았지만 지칠 줄을 몰랐다.

한지혜 아버지는 청주 한씨 종손 3대 독자로 태어났다. 아버지와 어머니가 대를 이을 아들을 얻지 못하여 바늘방석에 앉아 근심 속에서 살고 있었다. 할머니가 손자를 더 기다렸다. 문중 어르신들의 성화가 더욱 압박을 가해 왔다. 지혜가 6살이 지나가는데 동생 소식이 없기 때문이었다. 문중 어르신들은 일주일이 멀다 하고 지혜 아버지를 찾아와 아들 타령을 했다.

"여보게 조카, 이대로 종손 대를 끊을 건가. 무슨 대책을 강구해야 할 것이 아닌가?"

지혜 아버지는 대답도 없이 고개를 숙인 채 침묵만 지키고 있었다. 특별히 해결할 방법이 없었기 때문이었다. 문중 어르신인 큰 당숙 아저씨가 한 가지 제한을 했다. 양자를 들이라는 거였다. 한씨 집안의 남자 중에서 선택을 하라고 했다. 지혜 아버지로서는 거절을 할 명분이 없어 생각을 해 본다며 시간을 끌지만, 지혜 할머니가 아직은 받아들일 수 없다며 단호히 거절을 했다. 그러나 문중에서는 더 기다릴 수가 없다며 하루가 멀다고 찾아와 재촉하고 있었다.

지혜가 자매로 성장하면서 주위 사람들로부터 언니는 어머니를 닮고, 지혜는 아버지를 닮

았다며, 지혜를 삼신할머니가 남자로 만들다가 마지막에 실수로 여자로 만든 것이 틀림없다면서 지혜가 너무도 아버지를 빼닮았다고 떠들어댔다. 그리고 아버지를 닮아 꼭 남자같다는 이야기도 끈에 매달고 다니듯 따라다녔다. 그런 영향을 받은 탓인지 지혜는 언니와 소꿉장난을 할 때면 언제나 아버지 역할을 하면서 놀았다. 동네 아낙들은 아들이 아닌 딸로 태어난 것을 몹시도 아쉬워하며 한마디 남기고 지나갔다.

"순자 어머님, 남 주사 둘째 딸 좀 봐. 닮아도 너무나 아버지를 닮지 않았어? 고추만 달고 나왔으면 얼마나 좋았을까. 다음에는 꼭 아들을 낳아야 하는데 걱정이구먼."

"글쎄, 남자같이 노는 것 보면 다음에는 꼭 아들을 볼 거구먼."

걱정을 하고 지나갔다.

여인들의 이야기 따라 남동생이 생긴 것은 지혜가 초등학교에 입학하고 얼마 지나지 않아서였다. 그리고 남동생이 태어났다. 집에서는 잔치 분위기였다. 어머니 아버지는 온종일 축하한다는 전화와 집으로 찾아와

인사를 나누는 사람들에 정신이 없었다. 지혜에게 쏠리던 아버지를 닮았다는 이야기는 남동생이 생기면서 어디론지 사라지고 없었다. 막상 남동생이 생기고 자신에게서 관심이 사라지자 무엇을 빼앗기기라도 한 것같아 서운한 마음이 들었다. 지혜는 뒤뜰에 혼자 나와 쭈그리고 앉아 땅바닥에 의미도 없는 그림을 그리고 있었다. 한참을 그리다가 일어나 나무 조각을 내던지고 감나무 아래로 달려갔다. 감나무는 이미 잎이 다 떨어지고 가지만 앙상하게 남아 있었다. 아버지가 남겨 놓은 까치밥만 외롭게 바람과 싸우고 있었다.

남동생의 첫돌이 지나면서 지혜가 아버지를 닮았다는 이야기가 다시 살아나와 호적에 실린 이름처럼 따라다녔다. 아들 걱정을 한다며 유난히도 떠들었던 아낙들이 지혜를 볼 때마다 아버지를 닮아, 하는 행동도 꼭 남자같다면서 즐거운 듯 웃으며 지나갔다. 동네에서도 이름난 호들갑 아주머니 패들이었다. 철이 들면서 지혜도 아버지를 닮았다는 이야기보다 어머니를 닮았다는 언니가 부러웠다. 아버지를 닮았다는 말과 꼭 남자같다는 이야기를 들을 땐 자신이 남자가 아닌가 하는 착각도 들었다. 그리고 거부감도 일었다. 호들갑 아주머니 패들은 지혜가 받을 마음에 상처는 조금도 생각하지 않고 자신들의 기분에 맞추어 지혜를 볼 때마다 떠들어댔다. 지혜의 이야기만은 아니었다. 온 동네를 돌아다니며 하지 않아도 될 이야기들을 즐기며 떠들었다. 그러나 모두가 악의 없는 빈소리들이었다.

남동생이 태어나기 전 문중 어른과 할머니 그리고 동네 어른들이 지혜 어머니에게 지혜를 남자처럼 길러야 남자 동생을 본다며 치마보다 바지 입히기를 주문했다. 지혜 어머니로서는 거절할 수 없는 선택으로 언니에게는 치마를 입혔고 지혜에게는 바지를 입혔다. 언젠가 지혜가 어머니에게 자기도 "언니처럼 치마를 입겠다"라고 했다. 어머니는 "지혜는 치마보다 바지를 입는 것이 더 예쁜 걸"이라며 옹색한 변명을 했다. 그 후로 지혜는 한 번도 투정을 하지 않고 어머니가 시키는 대로 바지를 입었다. 그런 지혜가 한편으로는 고마운 생각이 들지만, 또 한편으로는 지혜가 남자처럼 변해 가는 것 같아 걱정이 떠나지 않았다. 그러나 아들을 두지 못한 어머니는 거부할 수 없는 슬픈 선택이었다. 그리고 우연의 일치인지는 모르지만 남동생이 태어났다. 온 가족이 아들을 얻은 기쁨에 빠져 지혜에게는 관심을 두지 못 하고 있던 중, 어머니가 걱정하던 일이 현실로 나타났다. 같은 반 남자 친구와 싸움이 벌어졌다.

"야 너는 왜 바지만 입는 거니, 혹시 남자 아니야, 아니면 다리통이 못생겼니?"

"너 지금 뭐라고 했어."

"왜, 내 말이 틀렸어? 머슴애야."

화가 머리끝까지 오른 지혜가 남자 친구와 한판 싸움이 벌어졌다. 지혜는 남자 친구에게 조금도 지려고 하지 않았다. 지혜는 주먹을 휘두르고 달려들어 남자 친구를 땅바닥에 내팽개쳤다. 그리고 발로 차고 꼭 성난 사자처럼 분풀이를 했다. 그 누구에게도 지려고 하지 않았다. 공부도 그랬고 운동회 때도 마찬가지였다. 지혜가 거울 앞에 서서 자신의 얼굴을 자세히 바라보고 있었다. 아버지를 닮을 곳을 찾아보기 위해서였다. 그러나 어디가 닮았는지 알 수가 없었다. 그냥 한지혜일 뿐이었다. 이제 지혜도 자신이 누구를 닮았는지에는 관심이 사라지고 주위 사람들의 이야기에도 귀를 기울이지 않았다. 다만 언니가 걸어간 길이 자신이 걸어갈 길이라고 생각하며 최선을 다하고 있을 뿐이었다. 지혜가 초등학교와 중 고등학교, 그리고 대학까지 언니가 지나간 길을 똑같이 걸어가고 있었다.

언니는 명문대학을 졸업하고, 대학 입학 커플과 졸업하고 일 년 뒤 결혼하여 현재 두 살짜리 첫딸과 한 돌이 다가오는 연년생인 아들이 있었다. 거센 풍파 없이 순풍에 돛 단 배처럼 잘 나가고 있는 언니의 모습이 지혜 자신의 미래이기를 희망하며 꿈을 향해 달려갔다. 대학에 입학한 지혜에게도 상준이라는 남자 친구가 다가왔다. 장차 외교관을 꿈꾸는 건장한 체구에 미남형으로 성격도 무난했다. 두 사람은 전공과목은 다르지만 마주치는 일이 많았다. 그때마다 상준이 지혜에게 관심을 보였고 지혜도 거부하지는 않았다. 지혜와 상준은 그리 어렵지 않게 서로를 신뢰하며 마음을 주고받는 사이로 발전하고 있었다. 지혜는 언니의 길이 자신이 꿈꾸는 길이라고 생각했던 것에 한 발 더 가까이 가고 있다는 자부심과 행복감에 젖어 있었다. 그러나 운명의 여신은 지혜에게 시련을 안겨 주고 있었다. 두 사람은 시간이 흘러가면서 의견 대립이 자주 일어났다. 상준에게 문제가 있는 것은 아니었다. 지혜의 강한 성격이 문제를 만들고 있었다. 지혜는 자신도 모르게 지지 않으려는 강한 욕구가 발동

했다. 그러나 논리에 어긋나지는 않았다. 그런 지혜에게 상준은 아기자기한 여자의 이미지보다는 강한 남성적인 성격의 소유자라는 인상을 받고 있었다. 그러나 지혜를 이해하려고 노력했다. 그만큼 지혜를 좋아했고 지혜도 상준 자신을 좋아하고 있다는 것을 알고 있었기 때문이었다. 그러나 시간이 흘러가면서 상준은 지혜에게 이성으로서의 감정이 식어가고 있다는 것을 느끼고 있었다. 상준은 성격 차이를 느끼며 결단을 내리고 있었다. 일방적인 절교 선언이었다. 그러나 상준은 몹시 괴로워했다. 지혜도 상준으로부터 일방적인 절교 선언에 몹시도 당황스러웠다. 지혜는 상준을 붙잡고 싶었지만, 자존심이 허락하지 않아 망설이고 있었다. 몹시도 혼란스러웠다. 그래도 1년간의 만남이 만들어 놓은 정 때문에 가슴이 텅 비어 있는 듯 허전했다. 상준도 지혜를 위해서 큰 결단을 내리고 있었다. 지혜의 자존심을 지켜 주기 위해서 우리가 헤어져야 하는 이유의 변명에 신중을 기하고 있었다. 기약할 수 없는 미국으로 유학을 떠나야 하기 때문이라는 이별의 쪽지를 남기고 지혜 곁을 떠나갔다. 지혜도 상준이 남기고 간 아픈 추억에 한동안 열병을 치르고 남자와의 거리감을 만들고 학업에만 열중하며 마음을 달래고 있었다.

지혜가 조카 돌잔치에 참석하기 위해서 채비를 하고 있었다. 문득 언니의 길이 자신의 길이라고 생각했던 꿈이 부끄러움으로 밀려왔다. 연회장으로 가는 발길이 너무나 무거워 되돌아서 보지만 참석해야 한다는 의무감이 다시 발길을 돌려 걸어가고 있었다. 지혜는 상준과 헤어진 후부터 언니와의 거리감이 느껴지고 있었다. 언니도 전과 다른 지혜의 행동에 섭섭한 마음을 여러 번 털어놓은 적이 있다. 그러나 한 번도 자신의 마음을 털어놓고 상의하지 못했다. 그것은 강한 자신의 자존심이 허락하지 않았기 때문이었다.

"언니 축하해. 조카는 어디 있어?"

"지혜 너, 우리 창이 본 지 오래구나."

"미안해. 많이 자랐지?"

"잠깐 기다려. 내가 데리고 올게."

"아니야, 다음에 보지 뭐. 갈 곳이 있어서 일어나야 해."

"무슨 소리야, 형부도 안 보고 가려고? 서운하다야."

"괜히 흥만 깨지 뭐, 아버지와 어머니만 보고 갈게."

"너 혹시 요즘 무슨 일이 있는 것은 아니니?"

"아니야, 아무런 일도 없어."

지혜가 자리에서 일어나 친척들이 모여 있는 자리로 걸어가 인사를 드린 후 연회장을 나서고 있었다.

지혜가 입원한 지 1주일이 지나가고 있었다. 이제는 "우리 아빠가 최고야"라는 말은 하지 않았다. 자신의 방 한구석에 쪼그리고 앉아 고개를 숙이고는 아무런 말도 없이 두 눈을 감은 채 생각에 잠기고 있었다. 그 누구와의 대화도 거절했다. 다만 혼자 있기를 원했다. 회진을 돌던 담당 의사도 병실 문 앞에서 조용히 지켜만 보고 있다가 옆 병실로 들어갔다 노 실장이 병실 직원에게 무슨 일이 일어나지 않도록 잘 지켜볼 것과 아무도 병실에 접근하지 않도록 주문을 했다. 지혜가 이성을 찾으면서 정신병원에 입원한 자신의 모습에 심한 수치심과 절망감을 느끼고 있는지도 모른다는 생각에서였다. 지혜의 돌발적인 사고 예방책으로 직원들에게 특별 경계령을 내려졌다. 지혜가 우울 증상을 보이고 있기 때문이었다. 우울 증상의 뒤편에는 언제나 죽음이라는 어두운 그림자가 도사리고 있기 때문에 상태가 호전되어 한고비를 넘길 때까지 요주의 인물로 분류되어 감시의 대상이 되기 때문이다. 시간이 지나자 지혜의 상태도 조금씩 안정되어 갔다. 노 실장이 지혜를 찾아가 말을 걸었을 때 지혜의 입에서는 몹시도 분노한 어조로 자신을 표현했다.

"동물원의 원숭이를 보듯 하지 마. 내 눈엔 너희들이 더 우습게 보여."

"그렇게 보였다면 죄송합니다."

"사람들은, 원숭이를 동물원이라는 간판을 내걸고 우리 안에 가두어 놓고 원숭이를 구경하며 즐기고 있지만, 험한 철창으로 만든 우리에 갇혀 있는 원숭이들도 인간을 구경하며 즐기고 있다는 것을 인간들은 모르고 있지. 인간들이 큰 착각을 하고 있다는 것을 알아야 해. 다만 힘의 우위에 선 인간들의 자만에 따른 박해라는 것을. 내가 지금 이곳에 갇혀 있다고 나를 우습게 보거나 동정을 하겠지만, 그렇다고 당신들이 나를 마음대로 할 수 없다는 것을 알아야 해."

"그럼요. 절대로 동정을 하거나 우습게 보지 않습니다."

노 실장은 지혜의 심정은 이해할 수 있었다. 부서진 자존심과 자신이 처한 현실에 심한 굴욕감이 지혜를 괴롭히고 있다는 것을 알고 있기 때문이었다. 지혜가 노 실장의 이야기를 무시라도 하듯 아무런 대꾸도 없이 뒤돌아 노 실장을 등지고 돌아앉아 두 눈을 감았다.

지혜 어머니와 언니가 병원을 찾았다. 어머니는 손수건으로 눈물을 훔치고 있다. 언니의 두 눈동자에 눈물이 이슬처럼 맺혀 있었다. 눈물을 보이지 않으려고 애쓰는 모습이 얼굴로 나타났다. 언니가 침묵을 깨고 동생의 안부를 물었다.

"실장님 지혜가 "우리 아빠가 최고야"라는 말을 아직도 하고 있는지요?"

"아닙니다. 따님이 아버지를 무척이나 좋아했나 봐요?"

"예."

"지혜에 관해 알고 싶은 것들이 있는데요."

"무엇이든 물어보세요."

"아버지는 무슨 일을 하시는지요?"

"도청 공무원입니다."

"그렇습니까? 그리고 지혜 아버지가 장손 집안으로 3대 독자가 맞습니까?"

"예"

"그럼 지혜 동생은 4대 독자가 되는군요."

"예."

"아들이 귀한 집안이군요? 그래서 지혜가 아들이 아니고 딸이라 실망이 크셨겠습니다."

"예, 솔직히 말해 저희 식구들보다 문중에서 더 실망을 했습니다. 가문에 종손의 대가 끊긴다면서요. 그리고 할머니와 문중에서 지혜를 남자처럼 키워야 남자 동생을 본다면서 절대로 치마를 입히지 말고 바지를 입혀 키우기를 바랐습니다. 장손이라는 책임 때문에 거절할 수도 없어 바지를 입혀서 남자처럼 키웠습니다. 어른들의 욕심으로 여자를 남자같이 기른 결과가 지혜에게 이렇게 큰 고통을 주게 될지는 정말 몰랐습니다."

"지혜의 성장 과정이 조금은 남달랐군요."

"그런 편이지요. 그러다 보니 성격이 여성적이기보다는 남성적으로 강해진 것 같아요."

"그렇군요. 성장 과정에서는 환경이 성격 발달에 미치는 영향이 아주 중요하니까요."

"주위 사람들도 아버지와 동일시하며 아버지를 꼭 빼닮았다고 수군거렸어요. 처음에는 싫어하는 눈치였어요. 지혜가 언니를 무척이나 따랐거든요. 자기도 언니처럼 어머니를 닮았다는 이야기를 듣고 싶었나 봐요. 그러나 시간이 지나면서 동요되어 가며 아버지를 닮았다는 말에 오히려 좋아하며 아버지 흉내를 내며 놀았어요."

"그런 일이 있었군요. 그러나 지혜가 철이 들면서 변화를 보이지는 않았나요?"

"초등학교 1학년 개학하던 날에, 바지를 입혔더니 입지 않으려고 했어요. 왜 그러느냐고 했더니 언니처럼 원피스를 입는다고 하더군요. 그동안 바지만 입혀 온 터라 입을 만한 치마나 원피스가 없었어요. 언니처럼 레이스가 달린 예쁜 원피스를 입는다는 고집에 혼쭐이 난 적이 있었습니다."

"그래서 어떻게 하셨습니까?"

"간신히 달래서 바지를 입혀 보냈습니다.

"그 후에 원피스는 사 주었습니까?

"아닙니다. 무슨 일인지 한번 고집을 부리더니 그 후로는 아무런 말도 없이 잘 따르더라고요. 다행이라고 생각을 했지만, 어른들의 욕심으로 지혜에게 못된 짓을 한 것 같아 말은 못 하고 불쌍하다는 생각에 가슴이 아팠습니다."

"그 후 아들을 보셨군요?"

"예. 지혜 덕분인지 아니면 우연의 일치인지는 모르지만 남자 동생이 태어났어요. 지혜도 남자 동생이 생긴 것을 무척이나 좋아했어요."

노 실장은 지혜가 무엇을 고민하고 있었는지 대강은 알 것만 같았다. 지혜에게는 감추고 싶은 열등감이 따라다니고 있다는 것을 그리고 더 이상 묻지 않았다.

"실장님, 언제쯤 면회를 할 수 있을까요?"

"많이 안정되어 가고 있으니까 조금만 더 참으시면 될 겁니다."

지혜는 상준과 이별 후 친구들도 멀리했다. 아니 바라볼 수가 없었다. 등에 무거운 짐을 지고 다니는 사람처럼 언제나 마음이 무거웠다. 그리고 자신이 미웠다. 그리고 마음의 문을 닫았다. 지혜는 오직 학업에만 열중하기로 마음을 먹었지만, 집중이 되지 않았다. 지혜 주변을 맴도는 번뇌의 질책은 그림자처럼 따라다니며 괴롭혔다. 자신에게 주어지고 선택해야만 했던 어린 시절을 운명이라고 받아들이기에는 너무나도 잔인하다는 생각에 억울한 마음이 혼란스러웠다. 그리고 지혜 주변 친구들이 그냥 놓아주지 않았다. 그러나 좀처럼 마음을 열려고 하지 않았다. 상준에 대한 미련 때문은 아니었다. 아니 두 번 다시 상처를 받기 싫었는지도 몰랐다. 뒤엉켜진 마음속을 풀려고 하질 않았다. 생각하면 생각할수록 무엇이 문제인지 알 수가 없었다. 아버지를 닮고 남동생을 바라는 식구들의 소원을 이루기 위해 바지를 입어야 했던 지난 과거를 생각하면 무엇이 진실인지 도저히 구분할 수가 없다. 그리고 자신이 이토록 망가져 정신병원 신세를 져야 할 줄은 상상하기도 싫었다. 그동안 가장 싫었던 일은 주위 사람들의 입방아였다. 사람들의 세 치 혀는 살아가는 데 소중하고 유익한 역할을 한다. 그러나 때때로 세 치의 힘은 무서운 흉기가 되기도 한다. 세 치의 혀는 선으로 포장되어 남의 약점을 아무런 죄책감도 느끼지 못하고 빈소리를 만들어 낸다. 아무런 영양가도 없는 말은 듣는 사람이 마음의 상처가 되어 괴로워하고 있다는 것을 조금도 배려하지 않는다. 인간의 속성은 무엇일까? 남을 위한다며 놀리는 세 치의 혀에 따라 때때로 돌이킬 수 없는 상처를 받기도 한다. 그 세 치의 혀에 지혜도 피해자가 된 한 사람으로 오늘도 "우리 아빠가 최고야."라는 말을 외치고 있다. 그 말속에 지혜는 무엇을 말하고 싶은 것일까? 노 실장은 30세의 중반을 넘긴 여교사의 죽음을 생각하고 있었다. 여교사는 불행히도 학교 내에서 갑작스러운 정신 분열 증상으로 동료 교사 앞에서 내적 갈등에서 우러나오는 자신의 문제를 큰소리로 외치며 옷을 벗는 소란을 피웠다. 그리고 정신병원으로 이송되어 치료를 받았다. 여교사는 몇 개월의 입원 치료에서 말끔히 병을 치료하고 다시 교직으로 돌아갔다. 여교사는 자신이 왜 정신병원에 입원을 해야 했는지 알지를 못했다.

전혀 기억 속에 남아 있지 않았다. 그리고 아무도 왜 자신이 정신병원에 입원해야 했는지 말해 주지 않았다. 여교사는 궁금증은 있으나 굳이 알려고 하지도 않았다. 그러나 1년이 지난 후 여교사가 자살을 했다는 소식이 전해 왔다. 여교사는 퇴원 후 1년이 지나는 동안 아무런 문제도 발생하지 않고 정상적으로 학교 생활에 적응하고 있었다. 그러던 어느 날 동료 교사들과 회식 자리에서 한 남자 동료 교사의 빈소리가 여교사를 자살로 내몰고 말았다. 한 동료 교사가 1년 전 여교사에게 있었던 일을 가감 없이 털어놓으며 그때 왜 그러했는지에 관한 궁금증이 비극을 부르게 된 동기가 되었다. 하지 말아야 할 이야기를 하고 말았기 때문이었다. 불필요한 말, 즉 빈소리가 감당하기 어려운 수치를 느끼게 만들어 한 여인을 죽음으로 밀어 넣었다.

"최 선생님 1년 전에 학교에서 있었던 일은 기억나세요?"

그렇지 않아도 왜 자신이 정신병원에 가야 했는지 기억이 없어 궁금하였으나 그 누구에게도 물어볼 용기가 나지 않아 넘어가고 있었다.

"그때 제가 무슨 일이 있었는지 기억이 하나도 없습니다."

"이제 병이 다 나았으니 알아도 되겠지요?

"그럼요."

최 선생은 무심코 대답은 했으나 무슨 말을 할지 두려운 생각이 들었다. 말릴 자신도 없었다. 그러나 들어서 마음이 편한 이야기는 아닐 거라는 것은 짐작할 수 있었다.

순간적으로 일어난 일이라서 다른 동료들도 말릴 틈도 없이 그 선생의 입에 귀를 기울이며 우려를 느끼고 있었다. 남자 선생은 신이 나는

지 열심히 최 선생에게 있었던 그날을 상세히 들려주고 있었다. 최 선생은 이야기를 듣는 순간 정신이 아찔한지 자세가 풀리며 두 손으로 머리를 감쌌다. 그 선생이 뒤늦게 자신의 과오를 느끼는지 당황하며 후회를 하지만 때늦은 후회였다. 최 선생에게는 엄청난 회오리가 몰아쳤다. 회식 자리는 적막을 지나 술렁이며 파했고 최 선생은 부축을 받으며 일어나 집으로 돌아왔다. 여교사는 수치심을 이기지 못하고 스스로 생을 마감한 사건이었다.

지혜에게 두 번째 남자가 다가왔다. 친구들의 성화에 못 이겨서 만나기는 하였지만, 지혜의 성격상으로는 꿩 대신 닭일 수는 없었다. 진심으로 다가가기 위해서 최선을 다하고 있었다. 그리고 상준이가 주고 간 교훈을 실감하면서 자신의 주장을 억제하지만 이미 형성된 성격은 자신도 모르는 사이에 얼굴을 내밀고 있었다. 결국 두 번째 남자도 몇 개월이 지나 스스로 멀어져 갔다. 세 번째 남자도 다르지 않았다. 지혜는 자신이 중성으로 변화된 것은 아닌가 하는 의심마저 들었다. 그러나 분명히 여성이었다. 지혜는 자신을 학대하고 있었다. 독신주의자로 변하고 있었다. 그러기 위해서 친구도 멀리하고 학업에만 열중했다. 가장 절친한 친구 영미가 자주 찾아왔다. 거절할 수 없는 친구였다. 그 친구는 자신이 꿈꾸던 대학 입학 커플과 함께 지혜의 부러움의 대상이 되어 사랑을 나누고 있었다. 지혜가 아무리 강한 성격의 소유자라지만 여자일 뿐이었다. 외로움을 느껴야 했다. 순리를 벗어난 노력은 많은 짐을 져야 했다. 너무도 큰 무거운 짐은 지혜를 어둠의 나락으로 떠밀었다. 이성보다 본

능의 자극에 몸부림쳐야만 했다. 혼자라는 외로운 생각은 미치도록 자신을 괴롭혔다. 친구 영미를 볼 때마다 부러운 생각과 수치감에 자신을 미워하고 있었다.

노 실장이 한지혜와 면담을 하기 위해서 상담실로 불렀다. 지혜는 안정을 되찾아 가고 있었다. "우리 아빠가 최고야"라는 이야기를 하지 않은 지도 몇 주가 지나가고 있었다. 병원에도 협조적이었고 다른 환자들과도 잘 어울리고 있었다. 마음도 평온을 찾은 듯 얼굴에 미소도 보였다.

"한지혜 씨. 이제 가족과 면회를 해도 될 것 같습니다. 면회를 오도록 연락을 해 드릴까요?"

한지혜가 침묵을 지키고 있다. 노 실장도 대답을 기다린다. 지혜가 입을 열었다.

"퇴원하고 싶은데요."

"퇴원을 하신다고요. 그럼 일단 면회를 하면서 생각해 봅시다."

"한지혜 씨, 한 가지 궁금증이 있는데 물어보아도 될까요?"

지혜는 서슴없이 대답했다.

"예, 무엇이 궁금한지 풀어드리지요."

"그래요?"

"예."

"왜, 우리 아빠가 최고라고 했습니까?"

지혜가 노 실장을 한참을 쳐다보았다. 노 실장은 건드리면 안 될 자존심을 건드리지나 않았는지 은근히 걱정이 됐다. 지혜가 이내 말을 이었다.

"그것이 궁금하세요?"라며 비웃는 듯 얼굴에 묘한 웃음을 지으며 일침을 가했다.

"아직도 왜 제가 우리 아빠가 최고라고 했는지 파악도 못 하고 심리학을 전공하셨다고 자부를 합니까?"

노 실장은 한대 얻어맞은 기분이 되어 정신이 아찔했다.

"그렇군요."

지혜가 다시 말했다.

"우리 아빠가 최고라는 말은 반대로 우리 아빠가 밉다는 말이었습니다. 언니는 어머니를 닮아 여성스럽고 행복하게 잘 사는데, 자신은 아버지를 닮아 주위에서 남자같다는 말에 상처를 받아야 했던 자신이 아버지가 밉지만 그래도 아버지를 밉다고 할 수는 없지 않겠어요."

"그런 깊은 뜻이 있었군요...."

"만약에 제가 우리 아버지는 나쁜 사람이라든가, 아버지를 미워한다면 남들이 뭐라고 하겠습니까? 그것은 누워서 침을 뱉기가 되지 않을까요?"

노 실장은 지혜가 진정으로 아버지를 사랑하고 있다고 생각을 하며, 긴 장맛비가 지나간 뒤 맑고 푸른 하늘 위에 떠오른 태양처럼, 행복을 찾아가는 여인이 되길 기원하고 있다.

정신병동24시

아픈 남자

「아픈 남자」 2019년 5월호 순수문학

50대 중반의 남자가 한자리에 머물지 못하고 주위를 쉴 새 없이 배회를 한다. 닥터 한이 자리에 앉기를 권하지만 남자는 들은 척도 하지 않는다. 잠시 후 남자가 자리에 앉더니 하룻밤만 잘 수 있다면 소원이 없다고 한다. 닥터 한이 얼마 동안 잠을 못 잤는지 묻는다. 남자는 한 달도 넘었다고 한다.

　"최 달수 씨, 정말로 한 달간 잠을 못 주무셨습니까?"

　"예."

　"사람이 한 달간 잠을 자지 않고 견딜 수가 있습니까?

　"그러니 죽을 지경이지요.

　"그런데 조금도 잠을 자지 못한 사람 같아 보이지가 않는데요."

　"아닙니다. 정말로 잠을 자지 못해서 괴로워 미칠 것 같습니다."

　"그렇다면 식사는요?"

　"억지로 조금 먹고 있습니다."

　"그래요?"

　"선생님, 단 하룻밤만이라도 잠을 잘 수 있게 해 주신다면 그 은혜 잊지 않겠습니다.

"알겠습니다."

달수는 자신의 괴로운 심정을 전달하기 위해서 미간을 찌푸리며 괴롭다는 표현에 최선을 다하고 있었다.

"달수 씨 이제 걱정하지 마세요. 제가 잠을 잘 주무시도록 도와드리겠습니다."

달수가 감사하다는 이야기를 몇 번이고 되풀이한 뒤 간호사의 안내를 받으며 입원실로 따라간다.

저녁 식사 후에 입원한 환자들의 약이 약국에서 병실로 전해졌다. 최달수 환자 약도 포함되어 있었다. 그러나 잠을 잘 수 있는 수면제 성분은 포함되어 있지 않았다. 노란색을 띤 분말형 비타민제가 전부다. 최달수 환자가 정말로 수면을 취하지 못하는지 정확한 상태를 확인하기 위한 처방이다. 최달수 환자가 약을 받아먹기 전에 잠을 잘 수 있는지 간호사에게 재차 확인을 한다.

"예, 천하장사라도 버티지 못할 정도로 아주 강한 수면제이기 때문에 잘 주무시게 될 테니 걱정하지 마세요."

간호사가 수면제 성분이 없는 처방이라는 것을 알면서 환자를 위한 선의의 거짓말이라는 자부심으로 당당하게 말한다.

"최달수 환자가 간호사에게 감사하다는 말을 하며 약을 받아서 먹는다.

환자들의 저녁 투약이 끝나고 1시간 정도 지나서 벽에 걸려 있는 벽시계가 9시를 알리고 있었다. 남자 직원이 취침 시간이라고 병실 복도를 오가며 외치고 다닌다.

최달수 환자가 10시가 넘어가는데 잠을 이루지 못하고 있다. 안 실장은 불면증이 불러오는 고통이 얼마나 큰지 알고 있었다.

불면증이란 놈은 잠을 청하면 청할수록 멀리 달아나버린다. 오히려 정신이 더 멀뚱멀뚱해진다. 온 세상 걱정이 다 자기 걱정인 듯 자책감이 밀려와 정신을 혼란스럽게 한다. 귀를 통하여 콩닥거리며 들려오는 자신의 심장 박동 소리는 금방이라도 가슴이 터질 듯 전율이 흐른다. 온몸은 허공에 떠 있는 듯 안정을 찾지 못한다. 마구 소리치며 뛰쳐나가고 싶은 충동은 억제하기 힘든 형벌이다. 오죽하면 가장 잔혹한 고문은 잠을 재우지 않는 것이라고 했을까.

안 실장은 주사를 놓아야 될 것 같아 당직 간호사에게 인터폰을 통해서 전달한다. 야간에 잠을 자지 못하는 환자를 위하여 별도 의사 처방을 받지 않고 이행하도록 미리 처방을 내놓은 신경안정제 주사 처방이다.

간호사가 주사를 놓기 위해 병실로 올라왔을 땐 이미 최달수 환자가 잠들어 있었다. 안 실장과 간호사가 신기한 듯 한참을 바라보다 병실을 나선다. 최달수 환자가 잠을 자면서 왜 못 잔다고 하소연을 할까? 안 실장은 궁금증을 갖지만 한 달간 자지 못한 잠을 해결이라도 한 듯 가슴이 뿌듯함을 느끼고 있었다. 하룻밤만 푹 잘 수 있다면 소원이 없다던 환자가 소원을 이루었기 때문이다. 아침이 되자 안 실장이 최달수 환자에게 물었다.

"최달수 씨, 어젯밤에 잘 주무셨습니까?"

안 실장은 고맙다는 이야기를 기대하고 있었다. 그런데 뜻밖의 대답을 한다.

"한잠도 못 잤습니다."

안 실장은 어젯밤에 잠들어 있는 모습을 확인했고, 불침번 근무 일지에도 한 번도 깨지 않고 아침까지 잘 잤다고 기록이 되어 있었다. 그런데 괴로운 듯 얼굴을 찌푸리며 잠을 자지 못했다고 태연하게 대답하는 것이다.

"최달수 씨, 정말로 못 주무셨습니까?"

"예."

안 실장은 더 이상 묻지 않았다. 아니 너무 황당한 대답에 물을 수가 없었다. 최달수 환자가 어젯밤에 잠을 자지 못해 괴로운 듯 얼굴에 오만상을 그리며 애원을 한다.

"오늘 밤에는 잠을 꼭 잘 수 있게 해 주세요."

안 실장은 알았다는 대답을 하지만 도저히 이해할 수가 없다. 왜 잠을 자고도 자지 않았다고 하는지. 불면증 환자를 많이 보았지만 최달수 환자와 같은 경우는 처음이었다. 대다수 약물의 힘을 받아 인위적으로 수면을 취하도록 하면 내일도 잠을 잘 수 있도록 해 달라는 부탁인데 최달수 환자는 잘 자면서도 못 잔다고 이야기를 하고 있기 때문이었다.

닥터 한이 최달수 환자의 불면증의 심리 상태를 파악하기 위해서 수면 마취 주사를 처방했다. 저녁 9시 이후 잠들지 않으면 정맥 주사를 하라고 되어 있었다. 최달수 환자가 9시가 조금 지나 잠을 설치고 있었다. 간호사가 안 실장의 연락을 받고 주사를 놓기 위해 병실로 올라왔다. 안 실장이 환자 옆에 서서 지켜보고 간호사가 환자에게 주사를 놓으며 열 까지 세어 보라고 한다. 최달수 환자가 하나, 둘, 셋, 넷, 다섯, 열을 세기 도 전에 온몸의 힘이 빠진 상태가 되어 두 눈을 감고 잠에 빠져들었다. 간호사가 최달수 환자의 어깨를 흔들며 이름을 불러 본다. 이미 인위적 인 약물의 힘으로 잠이 든 최달수 환자는 대답이 없다. 수면 상태에 들 어간 것을 확인한 간호사가 약물이 반 이상 남아 있는 주사기를 뽑아 들 고 병실을 나갔다. 옆에서 지켜보고 있던 안 실장도 최달수 환자의 수면 상태를 재확인하고 병실을 나선다.

아침 회진 시간에 닥터 한이 최달수 환자에게 말을 건다.
"최달수 씨, 어젯밤에 잘 주무셨지요?"
"아니요. 한숨도 자지 못했습니다."
"어젯밤 잘 주무시지 않았습니까?"
"한잠도 못 잤습니다. 오늘 밤에는 꼭 잠을 자게 해 주세요."
닥터 한은 잠을 푹 잘 수 있게 해 주어 감사하다는 말을 꼭 기대하지 는 않았다. 하지만 너무도 황당한 불면의 집착에 그냥 쳐다만 보고 있었 다. 닥터 한은 다음 날 자신이 직접 주사를 놓아 잠을 재워 보기로 했다. 퇴근을 미루고 9시가 되기를 기다리고 있다가 직접 주사를 놓았다. 그리 고 수면 상태에 빠진 것도 확인을 했다. 닥터 한이 아침 회진 시간에 잠 을 잘 잤는지를 물었다. 최달수 환자는 어제와 같이 한숨도 잠을 자지 않았다고 대답을 했다. 그리고 똑같이 하룻밤만이라도 푹 잘 수 있게 해 달라고 애원을 하는 것이다. 닥터 한이 빙그레 웃으며 대답했다.

"예, 알았습니다. 그렇게 해 드리겠습니다."

닥터 한은 몇 번을 더 시도해 보지만, 최달수 환자는 언제나 똑같은 대답을 했다. 닥터 한은 환자의 반응을 보기 위해서 수면 마취 주사로 잠을 재웠는데 왜 한숨도 자지 않았다고 하는 것이냐고 했다. 그러자 최달수 환자가 흥분 상태를 보였다.

"무슨 이런 병원이 다 있어. 의사가 환자 말을 못 믿고 모함하는 병원에는 더 이상 입원하고 싶지 않으니 가족 불러 줘. 퇴원하여 다른 병원으로 옮길 거야."

닥터 한이 아무런 대꾸 없이 최달수 환자를 잠시 지켜보다가 병실을 빠져나갔다. 옆에서 지켜보던 안 실장이 담당 의사가 병실을 나서자 말을 걸었다.

"어젯밤에도 잠을 주무시지 못했나 보지요?"

안 실장이 아무것도 모르는 척 묻고 있었다.

"예. 정말로 미치겠어요."

"빨리 잠을 잘 자야 할 텐데 걱정이 되는군요."

안 실장은 최달수 환자가 불면증으로 잠을 자지 못해 고통을 받고 있다는 것을 인정하며 걱정을 해 주고 있었다. 그러자 자신의 이야기에 동조하는 안 실장에게 최달수 환자가 감사하다는 말을 하면서 흥분이 가라앉고 있었다. 그리고 태도가 변하고 있다. 안 실장 같은 분이 있는 병원이 최고라며 퇴원하지 않고 더 입원하겠다고 했다. 안 실장은 최달수 환자가 원하고 있는 것이 무엇인지 조금은 알 것 같았다. 자신의 고통을 인정해 주기를 바라고 있었다.

"최달수 씨, 얼마나 고통스럽겠어요. 하루빨리 잠을 잘 수 있도록 원장님께 잘 부탁 말씀을 드리겠습니다."

"감사합니다. 그 은혜는 잊지 않겠습니다."

최달수 환자가 안 실장의 손을 잡고 고맙다는 말을 하고 또 하며 여전히 잠을 자게 해 달라고 부탁을 하는 것이다.

닥터 한은 최달수 환자가 무슨 문제로 잠에 갈등을 일으키고 있는지를 알기 위해서 약물 정신 요법을 해 보기로 했다.

약물 정신 요법은 수면 마취제를 이용하는 특수한 치료 방법으로 정신과 전문의가 시행하는 심층 정신 요법이다. 향정신성 의약품인 약물이 서서히 정맥을 타고 들어가면 환자는 기분이 상승되면서 황홀감에 빠져든다. 일종의 환각 상태로 환자는 자신의 감정 상태를 억제하지 못하면서 방어 능력이 떨어진다. 의사가 약물의 투여량을 조절하여 수면까지 도달하지 않도록 조절하면서 가슴에 담아 둔 이야기를 이끌어 내는 치료 방법이다.

환자가 환각 상태에서 이야기를 하기 때문에 무슨 이야기를 하였는지 기억에 남아 있지 않는다. 만약에 환자가 감추고 싶었던 이야기를 토해 낸 사실을 기억하게 된다면 오히려 부작용이 더 클 수도 있기 때문이다. 그래서 철저히 비밀을 지켜야 하는 책임감과 의무가 뒤따른다. 때론 국가 기관에서도 큰 보안 사건에는 정신과 의사를 불러[군의관] 자백을 받기 위해 사용하는 경우가 있다는 풍문도 있다. 그러나 국제법상 불법으로 규정되어 있다. 오직 환자 치료를 목적으로 할 때 약물 정신 요법이라는 명칭을 부여받아 합법적으로 사용이 되고 있다. 그리고 위험도 따르기 때문에 극히 제한적으로 시행되는 요법이다. 그러나 닥터 한이 최달수 환자 가슴속에 갇혀 있는 이야기를 꺼내 보아야 도와줄 수 있을 것 같아 시행하기로 한다.

오후 3시, 최달수 환자가 닥터 한 진료실로 호출되었다. 닥터 한은 주사를 놓을 수 있는 준비를 다 하고 대기하고 있었다.

닥터 한이 최달수 환자 오른쪽 팔꿈치 앞쪽 정맥에다 주사기를 꽂았다. 그리고 주사기 피스톤을 살며시 밀어 넣었다. 닥터 한이 환자의 반응에 주시했다. 환자가 살며시 눈을 감았다. 닥터 한이 이름을 불렀다.

"최달수 씨, 약간 졸음이 올 겁니다. 걱정하지 마시고 마음을 편히 가지세요."

"예"

"지금 기분이 꼭 술에 취한 것 같지요?"

"예"

실눈을 뜨며 대답을 했다.

"자 그럼 제가 묻는 말에 솔직히 대답해야 합니다. 그래야 그렇게도 소원이신 잠을 잘 수 있도록 도와줄 수 있습니다. 그리고 말로 하기 어려우면 고개를 끄덕이세요."

"예"

최달수 환자가 아직 약물이 조금 들어가 자기방어 능력이 남아 있었다. 닥터 한은 기억에 남아도 될 쉬운 질문부터 시작했다.

"자 이제부터 묻는 말에 대답을 해 주세요."

최달수가 알았다는 듯 고개를 끄덕인다.

"고향이 어디인가요?"

"평양입니다."

대답하는 소리가 조금도 흐트러지지 않고 정확했다.

"언제 남으로 내려오셨습니까?"

"1·4 후퇴 때입니다."

"단신 월남하셨다고 들었는데요?"

"예, 함께 내려오다 폭격으로 가족을 모두 잃었습니다."

"슬픈 일입니다. 그러나 최달수 씨의 일만은 아닙니다. 동족 간의 싸움으로 수많은 사람이 고통을 안고 살아야 하는 비극이지요."

"그런데 제가 정신을 차리고 보니 혼자 살겠다고 얼마나 달렸는지 멀리 와 있더군요."

"그것은 본심이 아니고 공포가 만들어 낸 행동일 겁니다."

"처의 비명 소리와 아들의 울음소리가 살려 달라는 듯 들리는 듯 귓전을 맴돌았습니다. 그런데 저는 너무도 무서워 비명 소리를 외면한 채 앞만 보고 마구 달렸던 것 같아요."

"지금 자신의 행동을 괴로워하고 있군요?"

"왜, 괴롭지 않겠어요. 저는 용서받을 수 없는 죄인입니다."

"그런 상황에서는 누구라도 그랬을지도 모릅니다."

"아닙니다. 저는 너무도 무책임하며 비겁한 놈입니다."

"너무 자책하지 마세요."

"그런데 너무도 오랜 세월을 잊고 살아온 것 같아요."

"무슨 뜻인가요?

"아내와 자식을 잃은 슬픔을 혼자라는 것과 추위와 배고픔이 덮어 버리더군요."라고 대답하던 최달수 환자가 갑자기 두 눈에서 눈물이 귀 쪽으로 흘러내리고 있었다. 닥터 한은 최달수 환자의 눈물이 주는 의미를 알 것 같았다. 동족상잔이 주는 참혹한 아픈 기억을 건드린 것 같아 미안한 생각이 들었다.

닥터 한은 잠을 잘 수 있도록 도와주겠다는 말을 남기고 숙면을 취할 수 있도록 약물을 조금 더 투입하고 깊은 잠에 빠진 것을 확인한 후 주사기를 뽑았다. 그리고 밖에서 대기 중이던 안 실장을 불러 최달수 환자를 병실로 이동할 것을 부탁했다.

최달수는 여전히 자신이 잠을 자지 못한다는 생각에서 벗어나지 못하고 있었다. 병실 책임자로 환자와 제일 많이 함께하는 안 실장은 어젯밤에도 잠을 못 주무셨느냐고 물었다. 최달수 환자는 잠을 자지 못한다며 언제나 똑같은 대답을 하고 있었다. 그러나 최달수 환자가 병실로 들어가 잠시 몸을 뒤척이더니 수면 상태로 들어갔다. 다음 날 아침, 회진 시간이 되기 전에 안 실장이 먼저 최달수 병실을 찾았다.

"어젯밤에도 잠을 못 주무셨는지요?"

"예, 잠을 자지 못했습니다."

"그러셨군요."

"잠을 좀 자게 해 주세요."

"곧 주무실 수가 있게 될 겁니다."

최달수 환자는 하룻밤 잠을 잘 자는 것보다도 자신의 생각에 동조해 주기를 원하고 있었다. 안 실장은 최달수 환자가 지금 무엇이 필요한지를 알 것만 같았다. 최달수 환자가 느끼는 불면증 증세는 아무리 잠을 재워도 해소될 수가 없다는 생각을 하며 근본적인 원인은 다른 곳에 있다는 생각이 들었다. 남들이 볼 때는 잠을 잘 자고 있지만, 최달수 환자 자신은 잠을 자지 못하고 있다고 굳게 믿고 있었다. 다시 말해 불면증이라는 증상이 자신의 아픈 마음을 대변해 주고 있는지도 모른다는 생각을 안 실장은 하고 있었다.

최달수 환자가 병원에 입원한 지 2주일이 지나 부인과 처남이라는 남자가 병원을 찾아왔다.

"선생님 조금 일찍 오려 했는데 가게가 너무나 바빠 늦었습니다. 저희 남편은 잘 지내고 있는지요?"

"예. 잘 지내고 있습니다."

"아직도 잠 이야기를 하나요?"

"예."

"정말로 잠을 자지 못하고 있나요?"

"아닙니다. 언제나 10시 이전에 잠이 들면 아침까지 잘 주무시고 있습니다."

"그런데 왜 잠을 못 잔다고 하는 걸까요?"

"그게 병이 아닙니까?"

"수많은 어려운 고비를 다 넘기고 이제 편하게 살 수 있는데."라며 정신병원 신세를 져야 하는 남편이 불쌍하다고 눈물을 보이고 있었다. 잠시 침묵이 흐르고 난 후 닥터 한이 다시 말문을 열었다.

"치료를 위해서 몇 가지 물어보겠습니다."

"예."

"남편이 잠을 못 잔다는 이야기를 하기 전에 급격히 변화된 생활 환경이라든지 혹은 주위 사람들과 불편한 관계 같은 일은 없었나요?"

최달수 부인은 잠시 생각에 잠기더니 이야기를 시작했다.

"선생님, 우리 부부는 살기 위해서 모진 고통 속에서 20여 년간 하루도 쉬지 않고 일을 해 온 덕분에 지금의 00제과라는 안식처를 만들었습니다. 그래도 부산에서 남들은 성공이라는 단어로 우리를 부러워하지만, 오늘이 있기까지는 너무도 힘겨운 날들이 많았습니다. 이제 겨우 자리를 잡고 살 만한데 남편이 병에 걸리니 이게 무슨 날벼락인가요? 그리고 남편이 지금부터 6개월 전 가게 일에서 손을 놓았습니다."

"일손을 놓게 된 무슨 특별한 동기라도 있습니까?"

"뭐 특별한 동기라기보다 처남이 그동안 고생을 많이 하였으니 이제 여행이나 다니면서 편히 살면 어떻겠느냐고 하자 고마워하며 흔쾌히 승낙을 하더군요."

"그런 일이 있었군요."

"그런데 남편이 몇 개월 지나자 놀기가 답답하다면서 가게에 나왔는데 처남이 놀라면서 집으로 들어가 쉬라고 등을 떠밀듯 들여보냈습니다. 그러한 일이 자주 되풀이되었지요. 그러던 어느 날이었어요. 남편이 감기에 걸려 몸에서 열이 난다며 가게로 나왔어요. 정말로 열이 심하게 올라 있었어요. 모든 식구가 큰일이라도 났다는 듯 소란을 피우며 남편 옆에서 떠나질 않고 걱정을 했습니다. 남편은 어린아이처럼 여러 사람이 자신의 곁에서 걱정해 주니 몹시도 좋아했어요."

"그런 일이 있었군요."

"선생님, 남편은 내성적인 성격에다 일가친척도 없고 친구도 별로 없습니다. 오직 일뿐이었던 사람이 집에 있으려니 외롭고 답답했던 것 같았어요."

"일하던 사람이 일손을 놓고 논다는 것도 쉽지 않은 일이지요."

"감기가 나아지자 가족과 직원들은 모두 자기 위치로 돌아갔고 남편도 얼마 동안 별일 없이 지내고 있었습니다. 그런데 어느 날 처남이 "어젯밤에 잘 주무셨습니까?"라고 인사를 하니, 잠을 잘 못 잤다고 하여 처남이 놀라 병원에 한번 가 봐야 하지 않느냐고 했대요. 그리고 걱정스러운 마음에 매일 아침 매형을 찾아 잠에 관해 물으면 똑같은 대답을 하더래요."

"실제로 잠을 못 주무시던가요?"

"잠을 설칠 때도 있지만 보편적으로 잠을 못 자는 정도는 아니었어요."

"그래요. 조금 더 지켜보기로 하지요"

가족들도 잘 부탁한다는 말을 남기고 진찰실을 나섰다.

닥터 한이 두 번째 약물 요법을 시도했다. 일손을 놓은 최달수 환자가 불행하게도 과거에 집착하고 있었다. 1·4 후퇴 때 가족과 생이별을 하고, 구사일생으로 단신 월남하여 오늘까지 겪어 온 참담했던 나날들을 기억해 내고 있었다.

최달수 환자의 삶은 평탄하지 않았다. 지금의 성공 뒤에는 힘겨운 날들이 많았다. 지금의 부인도 실향민으로 같은 처지에서 만나 서로를 위로하며 함께 고생해서 오늘의 부를 만들어 냈다.

최달수 환자는 가족을 잃고 추위와 배고픔 혼자라는 외로움에 도저히 살아갈 용기가 없어 죽으려고 여러 번 죽을 결심도 했지만 죽는다는 것도 쉽지는 않았다.

"선생님, 어느 날 눈을 떠 보니 내 옆에 한 여인이 걱정스러운 얼굴로 앉아 있었습니다. 쓰러져 있는 나를 본 여인의 도움으로 살아났습니다. 그 여인도 저와 같은 처지로 공사 현장에서 인부들의 식사를 제공하는 간이식당에서 일을 하고 있었습니다. 그 후 저는 여인의 도움으로 공사판에서 일을 할 수가 있었고 서로 같은 처지에 의지하다가 보니 부부의 연을 맺고 열심히 살았습니다."

그리고 최달수가 살기 위해서 건설 현장에서 등짐을 지어야 했던 일은 작은 체구로 감당하기에는 너무도 힘이 들었다. 등에 물집이 생기고 피멍이 들었고 뼈가 부서지는 통증이 육체를 괴롭혔다. 너무도 배가 고파서 허기진 배를 채우기 위해서 먹어서는 안 되는 음식인 줄 알면서 먹어야 했던 일은 오장육부가 정상일 수는 없을 거라는 과거도 자신을 괴롭히고 있었다. 그리고 생사를 모르는 아내와 아들에 관한 죄의식에 자신을 가두고 있었다.

인간이란 때로는 미물보다도 어리석은 행동을 할 때가 있다. 아니 더 나약한지도 모른다. 현재에서 과거를 바라보기보다는 미래를 바라보는 용기와 지혜가 얼마나 중요한지를 망각할 때 어리석은 행동이 자신을 지배한다. 최달수가 생각하기 싫은 과거를 잊기 위해서 뒤돌아보지 않고 앞만 보고 살아온 긴 시간을 한순간에 무너뜨리고 그 형틀에 자신의 과거를 가두고 괴로워하고 있었다.

자신이 걸어온 길이 너무나 힘이 들었기 때문이었다. 길거리에서 풀빵[일명-국화빵] 장사로 시작하여 부산에서 제일가는 빵집으로 성장시켰지만, 그리 자랑스럽지도 만족감도 느끼지 못했다. 근심만이 최달수의 마음을 억압하고 과거에 집착할수록 어두운 수렁으로 빠져들고 있었다. 생각하고 싶지 않은 과거에서 벗어나기 위해 스스로를 학대하고 있다. 자신은 한잠도 잘 수 없는 죄인이라는 굴레를 씌우고 최달수 환자가 살려 달라는 아내와 아들의 울음소리를 따라 꿈속을 떠돌고 있다. 매일 같은 악몽이 최달수 환자를 괴롭히고 있다. 닥터 한은 왜 최달수 환자가 잠을 못 잔다고 하는지 이해할 수 있었다. 악몽을 잊기 위한 몸부림인지도 모른다는 생각을 지울 수가 없다. 최달수 환자가 일에 집착했던 이유도 알 것 같았다. 그리고 일 속에 파묻혀 잊고 있던 괴로운 과거가 일손을 놓자 모두 되살아나서 자신을 가두고 있다. 최달수는 6·25라는 전쟁이 만들어 낸 아프고 아픈 남자였다. 성공이라는 단어도 아픔을 덮어 주질 못했다.

닥터 한은 최달수 환자를 위해서 특수한 치료를 택하기로 한다. 너무도 아픈 상처를 치료하기 위한 선택이었다. 전기 충격 요법이다. 최갑수 환자는 몇 번의 치료를 받고 잠에 관한 이야기는 하지 않았다. 그렇다고 최달수가 괴로운 과거에서 벗어난 것은 아니다. 그냥 아픈 채로 살아가고 있을 뿐인 것이다.

정신병동24시

아름다운 이별의 여정

백실장의 오늘 일과가 몹시도 힘든 하루라는 생각을 하면서 퇴근 준비를 한다. 그러나 왠지 무거워지는 마음에 먹구름이 밀려오는 듯 답답해진다. 오늘 입원을 시킨 환자 때문에 좀처럼 마음이 편치가 않다. 집으로 가기에 발길이 주춤거린다. 어려운 선택의 대가다. 그러나 옳은 결정이라고 생각하며 "잘했어"라고 마음을 달래며 사무실을 나서려는데 전화가 걸려왔다. 한잔 하자는 친구의 전화다.

　　백실장이 끌리듯 친구의 제의에 화답하며 약속장소로 간다. 약속 장소에는 친구가 먼저 와서 기다리고 있다. 친구가 따라주는 한 잔의 술은 답답하던 마음은 어디론지 사라지고 평소와 다름없는 즐거운 술자리로 끝나고 집으로 돌아와 깊은 잠에 빠진다.

　　백실장이 평소와 다름없이 출근을 하고 어제 입원한 환자를 보기 위해서 병실을 찾는다. 식사를 마친 10여명의 환들이 간호사실 앞에 모여들 있다. 담당간호사가 환자들의 투약을 위해서 신경을 쓰고 있다. 백실장이 병실로 들어서는 것을 본 환자들과 간호사가 인사를 한다. 백실장이 환자들의 얼굴을 마주하며 화답을 한다. 그리고 간호사에게 어제 입원한 환자에 대하여 묻는다.

"어제 입원한 환자 밤새별일 없었습니까?"

"예. 아직까지 자고 있습니다."

"그래요."

"어제 밤 12시가 넘도록 병실에 불이 켜져 있었습니다."

"그래서 아직까지 잠을 자고 있군요. 어제 밤 보호자도 함께 있었지요?"

"예."

"그럼 어제 가족이 나갔습니까?"

"제가 6시 일어나서 들여다보니 이미 보호자는 없었고 환자만 자고 있었어요."

"일찍 나가신다고 하였는데 알겠습니다."

백실장이 환자병실 문을 살며시 열고 환자를 들여다본다. 간호사의 이야기 같이 환자는 세상근심 다 버리고 곤히 잠든 얼굴을 바라본 후 더 자도록 하고 돌아선다. 백실장이 자신의 손목시계를 보다. 9시30분이다. 늦잠을 잔다고 생각하며 그동안 자지 못한 잠을 한꺼번에 자고 있다고 생각을 한다. 다른 환자 병실로 가기위해 돌아서려다 문득 이상하다는 생각이 든다.

오랜 경험에서 주어지는 직감이다. 환자가 너무 바른 자세로 누워있는 모습이 거슬렸다. 이상한 생각이 몰려오고 불길한 느낌은 긴장감마저 밀려온다.

백실장이 살며시 환자 곁으로 다가가 허리를 굽혀 가슴에 손을 대고 환자의 이름을 부르며 살며시 흔들었다. 순간 환자의 머리가 한 쪽 으로 기울어 베개 아래로 떨어지며 "헉"하는 소리가 들려왔다. 순간 놀라며 이미 사망하였다는 것을 확인하는 순간 이었다. 다시 확인을 위하여 흔들어보고 맥도 집어보지만 맥박이 잡히지 않았다.

　백실장이 20년이 넘도록 병원근무를 하지만 죽은 자를 본 것은 처음이었다. 아니 태어나 자신이 확인하고 가까이서 보는 것도 처음이다. 두려움이 몰려들었다. 문득 결핵환자라는 생각이 들었고 자면서 가래가 목에 걸려 사망한 것 같다는 생각이 들었다. 불가항력 적인 일이지만 그래도 걱정이 태산같이 밀려왔다. 백실장이 머리를 바로하고 맥을 다시 집어보지만 맥박이 뛰지 않았다. 이미 죽어있었다.

　정확한 사망시간을 아무도 아는 사람이 없다. 환자는 아직도 살아있는 사람처럼 편안한 모습으로 죽은 자가 아닌 산자로 보였다.

　백실장이 어떻게 해결을 해야 하는지 곰곰이 생각에 잠긴다. 환자 부인에게 전화를 걸기 전에 담당간호사를 불러서 환자사망에 대하여 함구령을 내린다. 환자들의 동요를 막기 위해서다. 부인에게 전화로 무슨 말을 어떻게 할지를 걱정이 앞선다. 처음 병원에 내원하여 상담하던 부인의 하소연과 부인과 약속한 일들을 생각하자 다소 마음의 여유가 든다.

　부부가 병원에 함께 내원을 하였다. 부인은 근심에 가득 찬 얼굴로 몹시도 힘든 모습은 금방이라도 쓰러질 듯 보였다. 남편도 오랜 투병으로 몹시도 마른 체구에 핏기가 없는 얼굴로 삶의 의욕이 완전히 사라져버린 듯 보였다. 두 사람 다 삶에 지친 모습이다.

환자는 부인의 눈치를 살피고 있는 듯 가끔씩 부인을 바라보았다. 부인의 말에 의하면 남편이 결핵으로 치료를 받고 있는지 벌써 20년이 지나가고 있다고 했다. 호전 되는 듯 악화되며 몇 번을 반복되는 병자 생활은 긴병에 효자 없다는 옛말이 있듯이 부부는 지친 상태다. 부인은 간병과 생활의 전선에서 돈을 벌어 생계를 유지하여야 했다. 남편은 투병에 부인에 대한 심적 부담감과 미안함에 하루하루가 가시방석이다. 때론 죽고 싶은 충동이 자신을 괴롭히지만 나약한 육체와 마음은 언제나 부인을 더욱 괴롭게 한다.

부인은 독실한 기독교 신자다. 남편도 부인을 따라 자신의 병을 주님에 의지 하였고, 부부를 위하여 교인들도 남편의 건강을 위해 중보기도를 열심히 하였다. 그리고 지금 것 버티어온 힘은 오직 주님만을 의지한 덕분으로 감사하며

살았다. 그러나 많은 역경 속에서 사지를 헤매기도 하고 경제적으로 힘든 과정에서도 주님의 말씀대로 사랑이라는 두 글자를 가슴에 가두고 살아온 세월은 주님을 의지한 덕분임을 잊지 않았다. 그러나 때론 너무도 무거운 짐을 내려놓고 싶지만. 그럴 때 마다 주님의 음성이 들려왔다. "천국이 가까워졌다"라는 음성이 들렸다. 부인은 주님의 은혜로 오랜 시련을 자신에게 주어진 사명이라 생각하며 살아왔다.

남편이 폐결핵으로 오랜 고통을 받아왔다. 아직 완치는 되지 않았지

만 남들에게 피해를 주는 단계는 넘어섰다. 이제 우울증이 그를 괴롭히고 있다. 입원치료를 해주려 해도. 경제적인 부담도 있지만 결핵환자라 선듯 받아주는 병원도 없다. 본인도 병원에 입원하는 것을 완강히 거부를 한다. 부인은 남편을 혼자 두고 일터로 나가는 것에 걱정이 앞선다. 그러나 돈을 벌지 않으면 안 되는 입장에서 어느 것 하나를 선택해야한다. 그래도 돈을 벌어야 한다는 결론에 이른다. 두 사람이 살아갈 수 있는 방법이기 때문이다. 이러한 생활이 반복되며 주님에게 "뜻대로 하시옵소서." 라고 기도를 하 살아간다.

남편이 무슨 마음인지 병원에 입원을 하겠다고 한다.

남편의 우울증증상은 시간이 지나면서 더욱 심해지고 있다. 밤에 잠을 이루지 못하고. 죽고 싶다는 말을 입에 달고 있다. 남편은 얼굴색도 창백하고 몸도 뼈에 가죽만 남아있는 듯 앙상하다. 누가보아도 중환자다. 그런 모습에 교인들은 부인에게 병원에 입원시킬 것을 권유하지만 받아주는 곳이 없다. 결핵에다 우울증까지 있기 때문이지만. 사망의 위험이 보이기 때문이다.

결핵환자이기에 결핵병동이 없는 정신과에 입원에 장애가 있지만 비활동성이라는 진단에 입원이 가능하나 다른 입원환자들의 반응과 보호자들의 반응도 무시할 수는 없다. 원장이 입원결정에 심중을 기하며 백실장을 호출을 한다. 다른 입원환자들과 간호사들의 반응 때문이다. 설득이 가능한지 알기 위해서다. 그리고 입원 될 환자의 병력과 현 상태로 보아서 큰일이 벌어 질수도 있기 때문이다. 제일 염려되는 것은 자살과 허약체질로 인한 사망사고다. 결핵은 비 활동이라 환자들에게 설명하면 넘어갈 수 있는 문제이기 때문이다. 백실장도 쉽게 결정을 하지 못한다. 병원입장에서는 충분히 거절을 할 수도 있다. 결핵환자라서 핑계거리를 만들 수 있다. 그러나 환자를 위해서는 거절하는 것도 그리 마음이 편치가 않다.

부인이 너무도 간절히 입원을 요구하고 있기 때문이다.

어느 병원도 쉽게 받아줄 곳도 없다. 심신이 너무도 허약하게 보이기 때문이었다. 그렇다고 금방 숨이 넘어갈 환자는 아닐 것 같아 우울증이 불러오는 자살의 위협이 문제지 자기발로 걸어왔고 자신의 의사를 정상적으로 표현을 하기 때문이다.

백실장이 보호자인 부인에게 우울증증세가 호전되면 바로 퇴원을 시키기로 하고 입원을 시키는 것으로 결정하며 경환자 병실 독방으로 결정을 한다.

그리고 보호자가 함께 생활하며 환자를 간병하고 만약 환자가 본병원에서 더 이상 보호하기 어려울 땐 언제든 병원의 조치를 따른다는 것과 어떠한 불상사에도 민형사상의 책임을 묻지 않는다는 별도의 서약서를 받기로 했다.

입원을 하는 모든 환자에게 받는 입원서약서에 이미 내용이 있지만 만약을 생각하여 가족에게 다시 요구하기로 하고, 가족에게 설명을 한 후 각서를 받은 후 입원이 결정되었다.

대다수 정신과 입원은 가족과 환자를 분리시키는데 역제안을 한다.

환자 부인이 환자를 돌볼 사람은 자신뿐이고 낮에는 직장을 나가야 한다며 밤에만 올수가 있다고 양해를 구하여 직장에서 퇴근한 후 부터 환자보호자가 함께하기로 한다. 라는 부인의 승낙을 받고 함께 병실로 들어갔다. 그리고 부인은 하루 밤을 병실에서 남편과 단 둘이서 하루 밤을 지내고 새벽같이 직장에 출근을 하였다.

백실장이 환자부인에게 전화를 걸었다. 유선전화로 관리사무소인 듯했다. 젊은 여자의 목소리가 들려왔다.

"00호텔이가요."

"예, 무슨 일인가요."

"그 호텔객실 미화원으로 일하시는 안순옥 씨가 있으면 바꿔주십시오. 여기는 그분의 남편이 입원하고 있는 병원입니다."

"지금 일을 하고 있는 중인데 급한 일인가요?"

"예."

"그럼 빨리 전화를 하도록 전하겠습니다."

여자직원이 수화기를 내려놓는 소리가 찰칵하고 들려왔다. 30분정도 지나서 부인으로부터 전화가 왔다. 백실장이 전화기 앞을 떠날 수 없어 서성거리고 기다리다가 전화를 받았다. 부인의 다급한 목소리가 들려왔다.

"ㅇㅇ병원 백실장입니다."

"ㅇㅇ환자 보호자인데 무슨 일이신지요."

"병원으로 빨리 와주셔야겠습니다."

"환자에게 무슨 일이 있습니까?"

"일단 오시면 말씀드리겠습니다."

"알겠습니다."

백실장이 수화기를 내려놓고 생각에 잠겨있다. 보호자가 오면 어떻게 해야 할지 걱정 때문이다.

보호자가 오기 전에 원장이 먼저 출근을 했다. 백실장이 원장의 뒤를 따라 진료실로 들어갔다. 원장이 무슨 일이라도 있는지를 물었다. 백실장이 어제 입원한 ○○환자이야기를 했다.

"무슨 말 입니까?"

하고 놀라며, 믿기지 않는 듯 보였다.

"출근을 하여 환자상태를 보러가서 발견하였습니다. 간호사는 아직 잠을 자는 줄 알고 있었고 저도 처음에는 곤히 자고 있는 줄 알았습니다."

"부인은 어제 밤 함께 있었습니까?"

"예. 어제 밤 부부가 함께 병실에서 자고 회사에 출근을 한 것 갔습니다. 기상전이라 아무도 보지 못하였습니다. 그리고 가족에게는 연락을 하였습니다. 아직 사망에 대한 이야기는 하지 않았습니다. 가족이 오면 제가 잘 설명을 하겠습니다."

백실장의이야기에 원장은 아무런 말도 하지 않았다. 언제나 병원에 생기는 문제는 모두 백실장이 처리했고, 이번 문제도 잘 해결할 것이라고 백실장만 믿는지 더 이상 묻지 않는다.

병원에 내원한 환자부인에게 백실장이 사망소식 부터 전한다. 전화를 받고 짐작을 하였는지 그리 크게 놀라지는 않았다. 그러나 아쉬운 듯 얼굴에 수심이 가득 차올랐다. 백실장이 환자부인에게 병원에서 몇 시에 출근하였는지 물었다. 새벽5시에 나갔다고 했다. 그리고 어제 밤의 상황에 대하여 묻는다.

"어제 밤 입원 한 후 환자기 불안해하지는 않던가요."

"아니요. 편안한지 말도 없던 사람이 대화도 나누고 가끔 웃기도 했어요."

"무슨 이야기를 나누었나요."

"당신을 너무도 고생을 시켜 미안하다며 눈시울을 적시는 듯 보였습니다."

"부인께서는 뭐라고 대답을 하셔나요?"

"그런 생각은 하지 말고 열심히 치료받고 건강해지면 놀러 도가고 병원에서 어렵게 선처하고 받아주었으니 감사하고 주님께도 감사드리자고 했어요."

"그러니 뭐라 하던가요."

"고개를 끄덕이며 행복해하는 듯 했어요"

"그래요. 좋은 밤이 되셨군요."

"예. 그런 모습을 오랜만에 보았습니다."

"그리고 환자가 잠은 몇 시에 들었나요."

"11시정도 된 것 같아요."

"부인보다 먼저 잠이 들었군요."

"예. 잠든 것을 확인하고 저도 바로 잠이 들었습니다."

"저녁식사는 잘 하셨습니까?"

"예. 전보다는 많이 먹었고 잘 먹지 않던 과일도 조금 먹었습니다."

"출근하실 때 환자는 어떤 상태였나요. 잠을 자고 있었는지 아니면 깨어 있었는지를 묻는 겁니다."

"잠을 잘 자고 있는 것은 확인하고 깨지 않도록 조심스럽게 나왔습니다."

하며 환자부인은 오랜 병치레에 시달리다가 세상을 떠난 남편이 안타까운 듯 슬픔에 눈물을 훔치고 있다. 백실장이 환자 부인에게 위로의 말을 한다.

"환자는 부인과의 행복한 하루 밤을 지새우고 주님의 곁으로 떠나신 것 같습니다. 간호사도 그렇고 저도 출근하여 처음 볼 때는 정말 너무도 평온하게 잠든 모습에 깨우기가 어려워 뒤돌아섰습니다. 참으로 산자와 죽은 자의 구분이 되지 않는 모습에 놀랐습니다."

"그렇게 병원에 입원하는 것을 싫어하던 남편이 그날 따라서는 순순히 따라 나섰던 것을 이상하다는 느낌도 받았습니다. 이렇게 되고 보니 남편은 자신이

떠나야 한다는 것을 느끼고 있었던 것 같습니다."

"인생사 내일은 몰라도 죽음의 부름에 대해서는 알고 있다는 말도 있지요. 주님의 부름을 받았기 때문이 아닐까요?"

"그럴까요."

"너무도 오랜 투병으로 부인에게 힘든 나날과 고통을 덜어주기 위한 부름으로 아름다운 이별을 하기위한 주님의 사랑이 아닐까요?"

"그럴까요."

"저도 그렇게 생각합니다. 너무도 평온히 잠든 모습이 주님 곁으로 인도한 아름다운 이별이라고 봅니다."

"이런 때 남편을 어떻게 해야 할까요."

"빨리 집으로 모시는 것이 고인을 위하는 길입니다. 집을 벗어난 죽음은 객사라고 하지 않습니까?"

"그럼 그렇게 하겠습니다."

하고 자리에서 일어나 상담실을 나가려는데 교회에 연락이 되었는지 여러 명의 교인들이 상담실로 들어섰다. 환자 부인에게 저마다 한 마디씩 위로의 말을 한다. 그중 한명이 환자 부인에게 바짝 다가가서 손을 잡으며 말했다. 집사님은 주님 곁으로 잘 갔을 겁니다. 하며 그동안 너무나 많은 고생을 끝내주는 주님의 뜻이라고 생각합시다. 라고 말했다. 백실장이 교인들이 어떤 태도를 보이나 걱정을 하고 있던 중 가뭄에 단비를 만난 듯 반가운 말이었다. 백실장이 기회를 놓치지 않고 말을 받아 이어갔다.

"정말 환자는 부인과 하루 밤을 조용히 보내고 아주 편안한 모습으로 주님의 곁으로 떠났습니다."

한 교인이 말을 이었다.

"집시님이 그동안 병 뒤 바라지하느라 너무 고생을 많이 했습니다. 집사님을 위해서는 잘된 일인지도 몰라요."

하며 주위를 살폈다 모두가 그렇다는 듯 동조를 했다. 백실장이 일이 잘 해결되고 있다는 생각에 안도하고 있었다. 그러나 죽음의 사유는 확실하게 알 수가 없다. 다만 폐결핵으로 인한 허약체질로 인한 가래가 생겨 목에 걸려 숨진 자연사일 수밖에 없다.

백실장이 일단 입원비 정산을 해야 한다는 생각이다. 병원의 실책이 없으며 모든 것이 당당하다는 것을 보이기 위해서다. 하루입원으로 환자 부담은 의료보험이 적용되어 많은 돈은 아니다 .단돈 2만원이 조금 넘었다. 가족은 시신을 사망 당일 집으로 옮겼다. 치료비도 정산이 되어 사고 수습은 일단 끝이 났다. 그래도 인연이라고 고인의 명복을 빌기 위하여 백실장이 원장에게 보고하고 장례식을 찾았다. 장례는 환자가 살던 집에서 치렀다. 가족들은 뜻밖인 듯 놀라며 정중이 맞아주었다. 서로 의례적인 인사를 마치고 부의함에 가지고간 오만원이든 봉투를 함에 넣고 나왔다. 가족들은 식사를 하고 가라며 붙들었다. 그러나 백실장이 그 자리가 너무도 불편하여 빨리 벗어나고 싶어 다른 약속이 있어 가보아야 한다며 빠져나왔다. 잘한 일인지 잘 못한 일인지 구분이 되지 않지만 그래도 오늘 하루는 천당과 지옥을 넘나든 하루였다.

백실장이 잘 마무리 된 것은 다행이지만, 환자의 죽음에 대하여 의문이 생 기고 있었다. 분명히 타살은 아니고 자연사임은 틀림이 없었다. 환자는 천정을 바라보고 곧바른 자세로 누워있었고 건드렸을 때 고개가 옆으로 떨어지며 숨을 한번 쉬는 소리가 들렸다. 백실장이 환자사망에 대한 수습에 신경을 쓰느라 사망원인에 대하여는 생각해볼 여유가 없었다.

잠시 모든 것이 해결이 나자 자꾸 환자를 처음 보았을 때의 일이 자꾸 뇌리를 스쳐지나갔다. 부인은 새벽6시까지 출근을 하기 위하여 5시에 병실을 나왔다고 하였고 나오면서 곤히 잠자고 있는 환자를 확인하고 나왔다고 했다. 그렇다면 잠을 자다가 가래가 생겨 목에 걸려서 숨구멍이 막혀서 사망했다는 결론이 나온다. 그런 모습을 환자 부인은 사망한 줄도 모르고 잠을 잘 자고 있는 줄 알고 밤을 새우고 새벽같이 안심하고 출근을 했다. 그동안 집에서는 잠을 자면서 가래가 목으로 차오면 무의식적으로 몸부림을 치거나 하는 스스로 해결을 하였을 것이다. 그런데 왜 병원에서는 해결이 되지 않았을까? 하는 의문이 생긴다. 그러면 무엇이 문제일까? 백실장이 고민에 빠진다. 혹시 약물 관계가 아닌가 하는 생각에 전에도 결핵환자가 독방에 입원하여 치료를 받고 나간 적이 있지만 그러한 일은 없었다. 그때는 돈 많은 부자인 고령의 환자로 혼자서 거동하지 않고 대다수 누워서 생활을 하던 환자다. 보호자가 함께 생활하여 수발들지도 않았다. 일단 원장의 진료기록 지를 보기로 한다.

원장의 진료기록에는 심한 우울증에 자꾸만 죽음에 대한이야기와 특히 밤에는 잠을 못 이룬다고 기록이 되었었다. 부인의 요구에는 일단 잠을 잘 수가 있게 해달라고 했다. 처방 기록을 보았다. "바리움"이라는 향정신서의약품인 안정제가 처방되어 있었다. 불안을 해소하고 수면을 동반하는 약물이었다. 백실장이 "바리움"주사의" 인위적인 수면이 원인이 아닐까 생각이 든다. 인위적인 수면은 가래를 처리 할 수 없는 상황을 만들어 목에 걸린 가래가 숨통을 막아 사망한 것 같다는 생각이 든다. 그러나 수면효과가 있으나 수면제와 같이 깊은 잠을 재우는 정도는 아니다. 처방된 약물로 보아서는 단정하기가 어렵다. 그러나 오래 동안 불면에 시달리던 환자에게는 다를 수도 있다는 생각도 든다. 그러나 백실장의 생각은 아무런 소용이 없다. 그 '헉"소리는 백실장만이 들은 소리로 증명할 길은 없다. 그렇다고 자신의 소관 밖의 일이다. 그러나 가족이 문제를 삼는다면 다소 시끄럽고 불편해 질 것이다. 그런 상황은 백실장도 피하고 싶은 일이다. 그러나 양심의 소리는 마음의 한쪽 곁에 자리하고 떠나지 않는다.

원장의 호출이다. 백실장이 환자 뒤처리를 잘 마무리하였는지 궁금할 것이다. 백실장이 환자 죽음의 원인에 골몰하다보니 원장에게 보고하는 일을 잠시 잊고 있었다. 백실장이 무거운 발걸음으로 원장실로 향했다.

환자의 죽음을 알려준 헉하는 소리 때문이다. 원장에게 보고를 하여야 할지 말아야 할지 판단이 서지 않는다. 사실은 이야기할 용기도 없다. 원장실 문이 살짝 열려있다. 백실장이 노크대신 헛기침을 한 후 문을 열고 들어서자 원장이 위로라도 하려는 듯 말했다.
"백 실장. 어서 와요"
"보고가 늦었습니다."
"환자 보호자가 왜 죽었는지 의구심을 갖지 않던가요."

"오랜 병고에다 보호자도 새벽에 나가면서 자는 줄 알았다면서 자연사로 생각하는 것 같았어요. 별로 죽음에 대한 의문보다 오히려 병원에 대한 폐를 끼쳐서 죄송하다고 했습니다."

"그래요."

"독실한 기독교 신자입니다. 믿음의 힘이 아닐까요? 아니면 좋은 사람인 것은 분명합니다."

"백실장이 사람 보는 눈이 있어요."

"아닙니다. 운이 좋았던 것 같아요."

"백 실장. 그때 가족과 함께 입원시킨 것은 잘된 선택이었습니다. 가족이 함께하지 않았다면 지금쯤 골치가 아파겠지요."

"건강상태가 너무도 쇄약해서 언제 무슨 일이 발생 할지 모르는 상태로 입원을 받기란 사실 어려운 환자인데 가족의 입장에서 입원을 생각한 겁니다. 우리도 선한 마음으로 도움을 주고 싶었는데 결과에 대하여 잘 된 일인지 아닌지 씁쓸하네요."

"백 실장 수고가 많았어요."

백실장이 아닙니다. 하며 환자의 사망에 대한 첫 장면을 기억하며 원장에게 이야기를 해야 하는지 생각하지만 하지 못한다. 그이야기는 환자를 원장의 처방으로 사망했다는 확신도 없기 때문이다. 이야기를 한다 해도 달라지는 것은 없

다. 백실장이 여러 번 경험을 해 보았기 때문이다. 그리고 잊은 듯 사라진다.

환자가 사망한지 한 달이 지나갔다. 이제 백실장도 잊어버린 듯 무거

운 마음을 내려놓고 평온을 찾아서 맡은바 업무에 충실 하고 있다. 모처럼 퇴근 후 친구를 만나기 위해서 약속장소로 가고 있다. 병원에서 멀리 떨어지지 않은 상가가 밀집되어있는 동네골목길은 어둠이 내려 어두웠다. 상가에서 흘러나온 불빛이 사물을 구별 할 수 있었다. 백실장이 잠시 후 안녕하세요. 하는 여인의 목소리가 들려왔다. 백실장이 자신에게 인사할 사람이 없기에 옆 사람에게 하는구나 하고 몇 발짝 걸어가자 여인이 등을 치며 오랜만입니다. 라고 다시 인사를 했다. 여인을 알아차린 백실장이 너무 놀라 심장이 멈추는 듯 했다. 도둑이 자기 발 저린 다고 지은 죄도 없이 놀란다. 지나고 싶은 길이 아닌데 친구가 깔아준 길이라 왔지만 이런 일이 발생하리라고는 생각지 않았다.

" 남편 장례를 치른 지도 벌써 한 달이 지나갔습니다."

여인의 첫마디였다. 백실장도 정중히 인사를 했다.

"그동안 어떻게 지내셨습니까?"

"여러 가지로 도와주셔서 남편을 잘 보내드렸습니다."

"병원에서 잘 도와드리고 싶었는데 슬픔을 안겨드려 죄송했습니다."

부인은 잠시 머뭇거리다가 물어볼 것이 있다고 했다. 백실장이 남편이야기가

아닌가 하며 바싹 긴장된 상태로 다음이야기를 기다렸다. 부인이 차라도 한잔 대접하면서 이야기를 한다고 했다. 백실장이 친구와 약속이 있다며 사양을 한다. 그리고 무슨 이야기 인가를 묻는다. 부인은 머뭇거리다 입을 연다.

"저도 상담을 한번 받아 볼까합니다."

백실장이 사망한 남편이야기가 아니고 자신의 문제로 상담을 한다고 하자 긴장이 풀리며 묻는다.

"무슨 문제입니까?"

"제 남편이 사망을 하고난 후부터, 저도 남편처럼 밤에 잠을 이루지 못하고, 마음의 안정도 되지 않고, 두통도 심해서 고통을 받고 있습니다."

"남편을 잃은 큰 일이 지나갔는데 편하기야 하겠습니까? 이겨내셔요."

'그럼 어떻게 해야 할까요? "

내일 병원으로 오시면 원장님께 말씀드려서 진찰을 받으시고 약이 필요하면 처방을 받고 약을 복용하시면 도움이 될 겁니다. "

백실장이 친구의 기다림 때문에 마음이 초조해 지지만 자신이 먼저 등질수가 없어 애가 탄다. 그리고 길에 서서 대화가 길어지는 것도 마음에 걸린다.

다행스럽게 환자 부인이 먼저 생각해보고 병원으로 찾아 가겠다는 인사를 남기고 돌아섰다. 백실장이 긴 한숨을 내쉬며 약속장소로 발길을 재촉한다. 등에서는 식은땀이 흐르는 듯 서늘한 느낌이 들었다. 또 한 번 지옥 맛을 본 듯 친구를 찾아가는 발길이 무겁다. 백실장이 좋은 일 하려다가 날벼락을 는다고 생각하며 약속장소 문을 열고 들어선다. 저 구석진 곳에 친구가 보인다. 친구는 백실장의 얼굴에 수심이 가득 찬 표정을 보고 무슨 걱정스러운 일이라도 있는지를 묻는다. 백실장이 대답이 없이 멍하니 앉아있는 모습에 답답한 듯 무슨 일인지 재촉을 한다. 백실장이 부인의 남편이야기를 들려준다. 친구는 다 끝이 난 일이 아니냐며 그러한 일 때문에 걱정이냐고 한마디 한다. 그러나 백실장의 마음

에는 큰 빚을 않고 있는 듯 가슴이 답답하다. 친구는 술잔을 내밀며 받
으라한다. 술잔이 오고가고 취기가 오르자. 부인에 대한 생각이 멀리 떨
어져 나간 듯 안정이 온다.

백실장이 출근을 하고 자리에 앉자 어제 부인을 만났던 일이 생각난
다. 만약 찾아온다면 어떻게 도와야 하는지를 생각한다.

부인이 병원에 찾아오면 무료로 도움이 되도록 원장에게 청원하겠다
고 마음을 먹는다. 그러나 부인은 병원을 찾지 않았고 어떻게 살아가고
있는지 궁금할 뿐이다. 백실장이 단 하루 밤의 입원이 두 사람의 "아름
다운 이별의 여정" 의 시간 이라고 생각하고 있었다.